AF390408

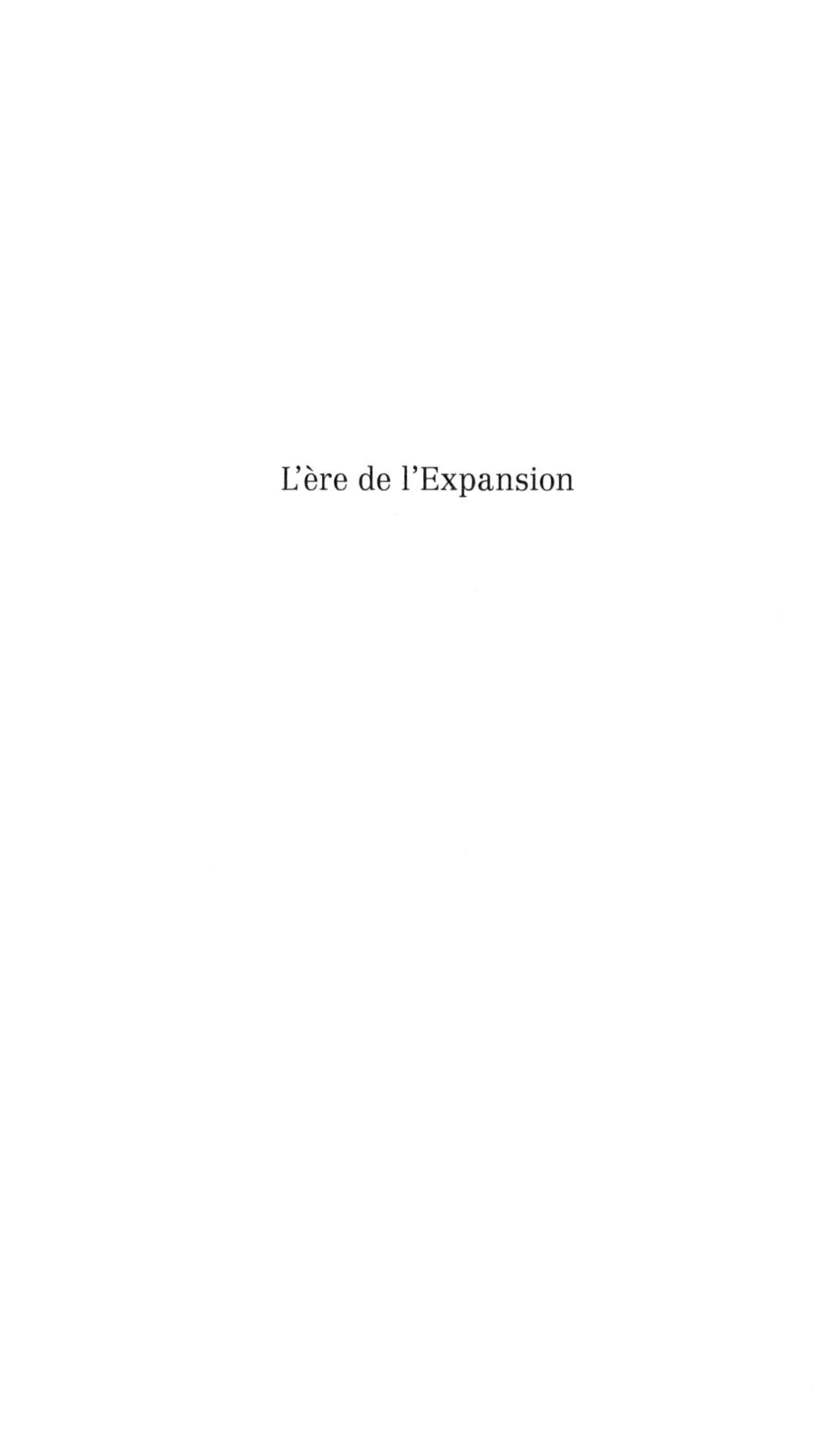

L'ère de l'Expansion

Mathieu Muir

L'ère de l'Expansion

ROMAN

David

Catalogage avant publication de Bibliothèque et Archives Canada

Muir, Mathieu, 1980-, auteur
    L'ère de l'Expansion / Mathieu Muir.

(14/18)
Publié en formats imprimé(s) et électronique(s).
ISBN 978-2-89597-665-3 (couverture souple). —
ISBN 978-2-89597-699-8 (PDF). —
ISBN 978-2-89597-700-1 (EPUB)

    I. Titre. II. Collection : 14/18

PS8626.U35E74 2019   jC843'.6   C2018-906268-1
                                      C2018-906269-X

Nous remercions le Gouvernement du Canada, le Conseil des arts
du Canada, le Conseil des arts de l'Ontario et la Ville d'Ottawa pour
leur appui à nos activités d'édition.

Les Éditions David
335-B, rue Cumberland, Ottawa (Ontario) K1N 7J3
Téléphone : 613-695-3339 | Télécopieur : 613-695-3334
info@editionsdavid.com | www.editionsdavid.com

À Anne-Sophie

Prologue

Léa Flamand avançait à pied, seule, dans un Tokyo presque désert. L'ambiance était celle d'une ville fantôme, à l'allure post-apocalyptique.

Bien avant de travailler pour les Nations Unies, Léa Flamand était déjà une historienne de renom. Elle avait toujours eu à cœur la pérennité des connaissances liées au passé. La notoriété de cette diplomate férue des civilisations anciennes provenait en grande partie de la création de documents facilement accessibles au grand public, qu'elle appelait ses « livrets historiques ». Elle en avait déjà plus d'une centaine à son actif. Aurait-elle l'occasion d'en produire d'autres ?

En parcourant les rues de Tokyo, elle se remémorait la suite d'évènements qui avaient mené à la guerre. Selon son analyse, cinq plaques tournantes passeraient à l'Histoire. La première était sans contredit la course de Frank Blist, cent cinquante ans auparavant, où tout avait commencé. À plusieurs décennies d'intervalle, la thèse d'Eva Miller, l'enquête de Baiko Mori et la fuite de Voile avaient influé sur le sort de la Terre.

Léa Flamand marchait présentement vers la cinquième et dernière plaque tournante : sa propre décision.

EXTRAIT D'UN LIVRET HISTORIQUE DE LÉA FLAMAND

LES PÔLES

Au cœur du vingt-deuxième siècle, les peuples de la Terre appartenaient toujours à près de deux cents pays autonomes. Aux prises avec une surpopulation grandissante et ses conséquences environnementales, ils n'eurent d'autres choix que de se regrouper pour se doter de politiques communes. Cependant, les divergences d'opinions sur la gestion de ces enjeux empêchèrent l'unification complète. La division de la planète en quatre grandes régions fut le résultat d'un compromis entre isolationnisme et mondialisation.

Le traité de Tokyo, en 2175, confirma la création des pôles : le Soleil d'Orient, l'Étoile d'Amérique, l'Union transeuropéenne et l'Alliance du Sud. Ce document stipulait que chacun des quatre gouvernements limiterait la croissance démographique à l'intérieur de son territoire et en interdirait l'entrée aux personnes nées à l'extérieur. La mise en œuvre intégrale de l'entente marqua donc la fin de l'immigration entre ces entités, avec pour conséquence la fermeture des frontières.

Le Soleil d'Orient, le plus peuplé des quatre pôles, regroupait tous les anciens pays d'Asie, de l'Inde aux îles indonésiennes. Le traité était beaucoup plus contraignant pour lui que pour les autres. Sa population étant toujours en croissance alarmante, des mesures devaient être prises au plus vite. Ainsi, après avoir remis en vigueur les politiques de contrôle des naissances, le gouvernement du Soleil avait investi massivement dans la recherche de solutions en matière de logements disponibles, de qualité de l'air urbain, de réduction des gaz précurseurs des pluies acides et de production massive d'eau potable.

L'Étoile d'Amérique regroupait les régions d'Amérique du Nord et du Sud ainsi que d'Amérique centrale, auxquelles s'ajoutait une bonne partie de l'Océanie. La population y était aussi en constante augmentation, mais le territoire était vaste : les impacts à court terme étaient donc moindres. Selon les calculs des mathématiciens-sociologues, il faudrait quelques centaines d'années avant que la situation de ce côté du monde devienne aussi critique que celle du Soleil d'Orient. Des politiques de stabilisation démographique et de partage des ressources s'imposaient, mais allaient de pair avec les mesures mises en place pour réduire les changements climatiques.

L'Union transeuropéenne existait en fait depuis près de deux siècles. Ce pôle regroupait maintenant tous les anciens pays d'Europe, de l'Islande à la Grèce, et certaines îles de l'Océanie, comme la Nouvelle-Calédonie. Contrairement aux autres, sa population était dense dans la partie occidentale, mais relativement stable, et il restait de grandes terres inoccupées dans l'ancienne Russie. Non sans heurts, des politiques de prévention avaient tout de même été mises en place par le gouvernement, pour assurer la pérennité et le partage des ressources.

L'Alliance du Sud regroupait les pays du Moyen-Orient ainsi que toutes les terres d'Afrique. La désertification y avait été plus forte que partout ailleurs, avec le dépeuplement qui en découlait. Les zones habitables devenaient de plus en plus restreintes et l'enjeu climatique demeurait d'une importance capitale. De plus, en fuyant vers les autres régions, les personnes déplacées avaient contribué au bouleversement de l'équilibre démographique planétaire. La population de l'Alliance subissait encore le contrecoup de ces migrations massives, tant sur son propre territoire que dans les terres d'accueil où ses ressortissants s'étaient installés.

Deux façons de gérer les changements climatiques existaient dans ce monde où la coopération et l'entraide universelle auraient dû prévaloir. La première était la réduction généralisée des émissions de gaz à effet de serre d'origine anthropique. Cependant, pour contenir les effets de l'empreinte humaine sur la planète, la mondialisation des quotas de rejets industriels eût été requise, contrairement au principe du traité de Tokyo, selon lequel chaque gouvernement pouvait fixer ses propres règles. La seconde était l'adaptation aux changements climatiques : se préparer à la désertification et au dépeuplement éventuels, tempérer l'augmentation du niveau des océans et contrer l'infiltration des eaux salées dans les réservoirs d'eau douce et, enfin, se protéger des phénomènes météo extrêmes et de l'augmentation de l'énergie dans l'atmosphère. Les méthodes d'adaptation pouvaient être appliquées de façon régionale, et donc par pôle, mais elles ne permettaient pas de régler le problème à la source.

Dans ce contexte assez peu prometteur, les quatre pôles se respectaient, mais s'étaient fermés les uns aux autres. Il n'y avait plus de conflit armé entre eux, mais il restait des éléments de rivalité scientifique, sociale, politique et sportive. La plus saine de ces compétitions était assurément la course entre la Terre et Mars, que le Soleil d'Orient organisait rigoureusement aux quatre ans. Le départ avait toujours lieu à Tokyo et l'arrivée se faisait chaque fois à un endroit différent sur Mars, que les équipages devaient localiser. Lors de la plus mémorable de ces courses, en 2208, la plateforme d'arrivée était située en région inaccessible par vaisseau spatial. La fin du parcours devait donc s'accomplir sur le terrain. « Une sorte de biathlon », avaient déclaré les médias.

Deux éléments laissaient présager que cette course serait inoubliable.

Tout d'abord, puisque les vaisseaux de course généraient des coûts de fabrication et d'entretien faramineux, un montant substantiel était octroyé à l'équipe victorieuse, assumé à parts égales par les quatre pôles. Cette année-là, le gouvernement du Soleil avait décidé d'ajouter un milliard de terras au prix de l'équipe gagnante, soit dix fois la somme traditionnelle, sans en donner la raison !

Ensuite, les casques de tous les participants avaient été munis d'astrocaméras qui filmaient en continu l'avancement de chacune des équipes. Installées dans les quatre vaisseaux ainsi qu'à différents endroits sur Mars, des stations relais expédiaient les images vers la Terre en quelques nanosecondes. La retransmission des images se faisait pratiquement sans délai, ce qui permettait au public terrien de voir la course en temps réel.

Ces deux particularités avaient engendré des cotes d'écoute aux sommets inégalés. Tout avait été soigneusement prévu pour que cette course passe à l'Histoire.

I
La course de Frank Blist
Année 2208

Le ping-pong. Frank Blist avait toujours adoré le ping-pong, son principal moyen d'évacuer la pression. S'exerçant seul contre une table pliée, il pouvait prendre du recul et méditer sur son avenir. Le simple fait de penser à la détente que lui procurait cc passc-temps le calmait habituellement avant les courses. Aujourd'hui, pour la première fois, il pensait à son sport et la situation restait douloureuse. À bord du *CXSpatial*, le vaisseau de l'Union transeuropéenne, son corps faisait des allers-retours sur les murs de la cabine de pilotage. Ses collègues Charles Mirodin et Tony Francesco subissaient le même sort. Depuis l'accrochage avec l'astéroïde, l'équipage était en chute libre vers Mars et vivait les soubresauts de la balle pendant une partie.

Frank Blist serait le premier à comprendre que cette course n'était en réalité qu'un prétexte.

* * *

Imaginez-vous une quinte flush royale, allant du dix à l'as, la meilleure combinaison possible au poker. Rarement vue, cette main est inévitablement signe de victoire. L'équipage du *Starius*, le vaisseau de l'Étoile d'Amérique, avait indéniablement cette allure.

Le capitaine Francis Rey était forcément l'as et l'équipage qu'il avait lui-même recruté le rendrait imbattable. Son éloquence faisait de lui une personnalité reconnue pour son charisme. Baldwin

Moor ne pouvait qu'être le roi. Fier et froid, il était après Rey le meilleur pilote du *Starius*. Cecilia Bramis était la reine. Climatologue de renom, elle était devenue une sommité en matière d'adaptation aux changements climatiques et pratiquait les courses spatiales pour combattre un sentiment d'échec. Assurément le plus fougueux, Michael Fritz représentait sans contredit le valet. Harry Bleskin était donc le dix, à la limite d'une bonne carte mais indispensable. Il n'était pas un homme de décision et la pression l'affligeait d'un malaise physique. Ce fut le cas au moment précis où tous les regards se tournèrent vers lui.

∗   ∗   ∗

Kae Takashi, fière capitaine du *Taiyo*, avait constitué la plus nombreuse des quatre équipes participant à la course : dix pilotes représentaient le Soleil d'Orient. Son favori était indiscutablement Hora Kamaye. Rapide de corps et d'esprit, il était le plus habile et deviendrait, selon elle, le prochain capitaine. Il n'avait qu'un seul défaut : un humour légèrement déplacé, qui teintait la quasi-totalité de ses conversations. Malgré ce travers, il avait la plus belle carrière sportive devant lui. Les huit autres membres de l'équipe avaient des expertises complémentaires dans des domaines bien spécifiques, dont le passage graduel en cybervitesse, l'atterrissage dans différents milieux et la réponse aux situations d'urgence. L'équipage formé ne pouvait être plus complet.

Le vaisseau du Soleil avait présentement un retard considérable sur les autres, mais cela faisait partie du plan de Takashi. Tout se déroulait comme prévu.

   L'ère de l'Expansion

*   *   *

Imaginez-vous un carré d'as. C'est inévitablement à cette main gagnante au poker que ressemblait l'équipage du *Vahha*, le vaisseau de l'Alliance du Sud. Quatre femmes, quatre maîtres à bord et pourtant aucun conflit, jamais. L'habitude de la coopération était la raison de cette symbiose opérationnelle. Les quatre pilotes coursaient ensemble depuis treize ans déjà. Elles avaient à peine besoin de parler pour se comprendre. De simples gestes et des regards rapides suffisaient.

Ce carré d'as talonnait présentement l'Étoile d'Amérique. Une heure les séparait à peine quand les vaisseaux approchèrent du champ d'astéroïdes.

*   *   *

À bord du *CXSpatial* –
 La collision de l'Union transeuropéenne

Frank Blist était affalé au centre de la cabine de pilotage. Il ne sentait plus ses membres, un nuage grisâtre voguait devant ses yeux et il entendait à peine Mirondin parler.

– ... près d'un col... partir immédiatement... Étoile... le rechercher...

– Excuse-moi ? bredouilla-t-il, en reprenant tranquillement ses esprits.

– Il faudrait partir immédiatement, on n'est pas tombés près des montagnes. Malgré notre avance, si nos trois concurrents se posent près des falaises, ils courent la chance de nous devancer dans le sprint final vers la plateforme d'arrivée. J'ai repéré un col qu'il semble possible d'emprunter.

– Heu, O.K.… bon… Donc on s'est presque écrasés sur Mars, mais on est vivants, formula Blist, en se mettant lentement sur ses pieds. Et Francesco ?

– Il est à côté, vivant, la jambe droite en bouillie. J'ai fait un garrot, on reviendra le chercher.

Blist gagna la salle des circuits pour y découvrir le troisième homme dans un état horrible. Assis contre la paroi du vaisseau, il était conscient, mais sa jambe baignait effectivement dans le sang. Ni l'un ni l'autre ne se fit d'illusions sur la suite des choses.

Frank Blist regagna la cabine. Mirondin avait commencé à enfiler sa combinaison.

– Bon, je suis un peu assommé, mais pas assez pour ne pas comprendre que, même si on revient à toute allure avec un clinico-glisseur, Francesco sera mort à notre retour.

– Je t'explique le concept, Blist. Francesco est un coureur expérimenté, il connaissait les risques avant de s'engager dans l'équipe de l'Union trans-européenne. C'est lui qui a insisté pour qu'on fonce droit parmi les astéroïdes, malgré notre avance. Finalement, je le connais à peine, mais j'ai la conviction qu'il laisserait mourir l'un de nous si les rôles étaient inversés.

– Je t'explique le concept, Mirondin. Un homme va mourir si on ne le conduit pas immédiatement au poste d'arrivée. Les organisateurs ont probablement des installations de soins de santé primaires, au contraire de nous à bord du *CXSpatial*.

– Je te réexplique mon point de vue, reprit l'autre, en continuant de se vêtir pour affronter la température, la pression et la composition de l'air extérieur. On participe à la plus grande course de tous les temps! Il y a un milliard de terras en jeu. Certains éléments devaient forcément aller de travers! On ne va pas se laisser arrêter pour si peu.

Blist comprit que Mirondin avait mûri sa décision.

— De toute façon, tu es presque habillé : m'attendre te ferait perdre un temps précieux.

— Arrête tes sarcasmes, tu en as pour cinq minutes!

— J'en ai pour plus que ça : j'habille Francesco et je l'aiderai à marcher.

— Dans ce cas, on se quitte ici. Dommage. Un milliard eût été facile à diviser en deux!

*   *   *

À bord du *Starius* –
Le dilemme de l'Étoile d'Amérique

— Moor a raison, bégaya Bleskin, à voix basse : si le vaisseau de l'Union a échoué, il vaudrait mieux contourner le champ d'astéroïdes...

— Mais nous sommes de l'Étoile, répliqua calmement Rey, nous possédons la meilleure technologie de spatioradar de l'Univers.

— Le contournement prendrait trois heures au maximum, maugréa Moor. Pourquoi risquer d'endommager le vaisseau ou même d'y laisser nos vies ?

— Nos vies ? On se calme, l'extrémiste, l'interrompit Fritz. Si le *CXSpatial* a accroché un bloc de roches, c'est que son pilote a foncé comme un con vers la zone la plus dense du champ. On peut très bien traverser en zone plus facile d'accès. Pas vrai, Bleskin ?

– Oui, oui, c'est possible, répondit l'autre, d'une voix à peine audible.

– Écoute, Moor, reprit Rey en sachant très bien qui il fallait convaincre, on a un peu d'avance sur le *Taiyo* et le *Vahha* ; on est sûrs de gagner si on fonce maintenant. Sinon, on risque d'arriver deuxièmes sur Mars, ou plutôt troisièmes, en tenant compte du vaisseau de l'Union en chute libre. Ensuite, le retard sera difficilement rattrapable.

– Vous savez, les gars, coupa Bramis, personne de nous quatre ne se laissera convaincre et Bleskin connaît tous nos arguments. Tu vas devoir trancher, mon ami.

Comme cela se produisait en boucle depuis près d'une demi-heure, quatre têtes se tournèrent vers Bleskin, qui maîtrisa difficilement un étourdissement.

– Combien de temps d'avance avons-nous sur le vaisseau de l'Alliance ? risqua-t-il.

– Environ une heure, estima Bramis, en consultant l'écran radar.

– Et le vaisseau du Soleil est loin derrière, vérifia Bleskin.

– Oui, à au moins six heures.

– Fritz, tu es le meilleur pilote au monde dans les astéroïdes ?

– Ouais, ça c'est sûr, mec ! Alors, c'est parti, on fonce ?

– Non, pas tout de suite. On attend que l'Alliance nous rattrape. S'ils foncent dans les astéroïdes, nous fonçons aussi. Tu viens de me dire que tu étais le meilleur, alors on repassera devant. S'ils décident de contourner, on y va aussi. Comme notre vaisseau est légèrement plus rapide en l'absence d'obstacles, on reprendra aussi notre avance.

Je sais, on perd l'avantage qu'on a présentement, mais ainsi, pas de danger inutile.

C'était le genre de solution que Bleskin avait l'habitude de trouver : elle ne plaisait à personne, mais ne lui mettrait personne à dos.

*　*　*

À bord du *Taiyo* –
La stratégie du Soleil d'Orient

Les neuf de l'équipe avaient planifié leur stratégie avec la capitaine bien avant le départ. Quelques semaines avant la course, Takashi leur avait présenté un aéroglisseur nouveau genre appelé Crépuscule. Ce modèle ultraperformant pouvait atteindre d'incroyables vitesses en terrain dégagé et bien se débrouiller, à basse vitesse, en région escarpée. Elle avait rapidement convaincu son équipe d'en prendre dix à bord, qui leur serviraient de véhicules une fois sur Mars pour atteindre la plateforme d'arrivée.

Les Crépuscules pouvaient facilement supporter l'accélération attribuable à leurs propres réacteurs, mais le passage du *Taiyo* en cybervitesse, entre la Terre et Mars, risquait de leur causer des dommages. C'est pourquoi le Soleil d'Orient avait choisi d'attaquer cette transition en six étapes, ce qui les avait grandement ralentis. Ils avaient simulé un bris mécanique pour justifier ce retard planifié. Contourner les astéroïdes de façon sécuritaire ne posait pas de problème, car ils étaient déjà loin derrière les autres équipes. Ils allaient arriver sur Mars avec cinq heures de retard sur les vaisseaux concurrents.

Une fois rendus là, ils compteraient sur deux facteurs pour gagner. Tout d'abord, les capacités incroyables de leurs Crépuscules. Ensuite, l'élément de surprise, car les trois autres équipes allaient les croire totalement hors course. Ils allaient se poser sur un autre flanc, invisibles aux yeux des coureurs de l'Alliance, de l'Étoile et de l'Union. Comme ils avaient dix véhicules, ils pourraient prendre chacun une direction différente, afin de maximiser leurs chances de trouver le chemin le plus rapide vers la plateforme d'arrivée.

* * *

À bord du *Vahha* –
La chance de l'Alliance du Sud

Tout allait extrêmement bien pour l'Alliance du Sud. Les quatre pilotes avaient vu le *CXSpatial* percuter un astéroïde et étaient persuadées que le *Taiyo* avait eu un bris mécanique réel. L'Union transeuropéenne et le Soleil d'Orient étaient donc en difficulté. Comble de chance : le seul concurrent dangereux pour elles, le *Starius*, était en train de les attendre devant le champ d'astéroïdes ! Les quatre femmes à bord du *Vahha* avaient tout de suite saisi la stratégie de l'Étoile : décider de leurs manœuvres en fonction du choix de leurs concurrentes. D'une certaine façon, elles avaient maintenant le contrôle sur la manière dont allait se dérouler cette partie de la course.

Certaines équipes se seraient consultées, d'autres auraient même opté pour un vote sur la décision à prendre. Mais ce n'était pas le style des pilotes du *Vahha* : elles étaient toujours du même avis. À l'unanimité et sans hésitation, elles avaient choisi de profiter de l'effet synergique du heureux hasard qui les favorisait pour foncer tête première dans le champ d'astéroïdes.

Elles ne surent jamais si c'était grâce à la chance ou plutôt à la confiance que cette bonne fortune leur apportait, mais elles firent un parcours sans faille parmi les astéroïdes. Elles arrivèrent même en vue de Mars bien avant le *Starius*.

* * *

Hors du *CXSpatial* –
Blist et Francesco à pied

À peine un quart d'heure après Mirondin, Blist et Francesco quittèrent leur vaisseau à moitié détruit par l'impact. Le duo progressait au quart de la vitesse de marche d'un humain typique.

— Je crois qu'il y a une façon de savoir si Mirondin a pris le plus court chemin, affirma Blist en regardant la crête qui s'élevait devant eux. De làhaut, on verra probablement la plateforme d'arrivée et on calculera mieux le chemin le plus rapide.

Sans rien répondre, Francesco tenta d'accélérer, mais sa jambe le faisait de plus en plus souffrir. La paire de marcheurs gravit tant bien que mal la pente rocheuse qui les séparait du cercle de montagnes, pendant que le soleil descendait derrière eux. Ils arriveraient probablement avant le crépuscule, mais l'ombre de l'élévation compliquerait possiblement la recherche du chemin à suivre.

Francesco ne disait mot. Il s'était tu, d'abord par honte de son désir d'abandon devant Blist qui se préparait à l'aider. Maintenant, il ne parlait plus à cause d'une surdose d'étourdissements. Étant donné le garrot clairement mal fait, le sang n'avait cessé de couler à l'intérieur de la combinaison. Son pied droit marinait présentement dans une mixture AB négatif. Arrivé au sommet, Francesco s'assit. Il ne comptait plus se relever.

Mais Blist était beaucoup trop affairé à calibrer sa lunette d'approche pour se rendre compte de la gravité de la situation. Une fois les quatre lentilles ajustées, il commença son examen de la face intérieure des montagnes. Il localisa rapidement Mirondin et comprit que cet homme sans valeur avait effectivement pris un col facile d'accès et que la descente vers la vallée ne serait pas trop ardue pour lui. Pour atteindre quoi ? Il n'y avait nulle trace de la plateforme d'arrivée ! Sauf qu'au bout de quelques minutes, peut-être aidé par l'obscurité grandissante, Blist détecta une source lumineuse derrière un flanc rocailleux. C'était bien la première fois que la destination était si bien cachée !

Avoir déniché un chemin relativement accessible pour descendre vers cette lumière lui parut une bonne nouvelle. Il alluma les neuf lampes de sa combinaison pour la marche nocturne qui s'annonçait et se retourna vers son collègue pour lui faire part de la situation.

Blist ne lui fit part de rien.

* * *

Hors du *Starius* –
La mise en marche du *Rotatif*

— Étrange Fritz, ragea Moor, nous sommes derrière le *Vahha*, alors que tu es pourtant inégalable.

— On a tout de même beaucoup moins de
retard que si on avait contourné les astéroïdes, fit
remarquer Rey, avec une pointe de sarcasme.

— Bon, bon, les enfants, si on se concentrait
sur la suite du parcours ? demanda Bramis. Pas
le temps de survoler les montagnes : on se pose
directement. Bleskin, reste tout près pour nous
faire atterrir en zone escarpée. Rey et Fritz, allez
préparer le *Rotatif*.

L'immense véhicule qui allait leur permettre
de gagner le poste d'arrivée était une création typiquement étoilienne : son potentiel n'avait d'égale
que son allure. Sa forme quasi sphérique à vingt
faces était supportée par dix membres métalliques
équidistants. La coquille externe tournait sur elle-
même, alors que la cabine interne, où siégeaient les
passagers, restait fixée sur le même axe. Il n'y avait
jamais plus que six des dix pattes qui touchaient
le sol simultanément. Fritz était le principal pilote
de cet engin.

— Je peux te demander un truc ? demanda-t-il,
en mettant en marche le préchauffage.

— C'est par rapport à l'agressivité de Moor ?
devina Rey, en ouvrant les cinq sièges de l'appareil.

— Entre autres. Elle est étrange, notre équipe !

— Notre équipe est parfaite. Les désaccords
nous font envisager toutes les possibilités. Les
remarques de Moor influencent toujours le résultat. Bramis agit immanquablement pour empêcher
qu'un conflit ne dégénère. Bleskin et toi avez d'incroyables aptitudes, très spécifiques.

— Bof, je n'ai pas trop assuré dans les astéroïdes…

— Au contraire, tu as été prudent et efficace,
mais tu luttais contre quatre pilotes qui ont chacune

le triple de ton expérience. Ce sera au tour de Bleskin de nous montrer ses talents. À la vérité, Fritz, nous formons la meilleure équipe qui puisse exister.

— Le moteur est réchauffé, tu m'aides à vérifier le roulement des chenilles ?

Dans la cabine de pilotage, Moor avait canalisé son agressivité en rapidité d'exécution, à la recherche du meilleur endroit où se poser.

— Il y a un léger plateau ici, observa-t-il, l'inclinaison est de trente degrés. Bleskin, ça se fait ?

— Oui. L'espace est restreint, mais avec un peu d'habileté, je nous place en douceur près du fossé. Ça va nous laisser assez d'espace pour sortir le *Rotatif*.

— Regardez, s'exclama Bleskin, le *Vahha* est au bas de ce cratère !

— Deuxième élément parfait, renchérit Moor : en se posant aussi loin des montagnes, elles ont repris le retard qu'elles avaient su rattraper !

Le *Starius* se posa parfaitement et les cinq pilotes montèrent à bord du *Rotatif*. Pour la deuxième fois, ils avaient une avance considérable.

Une quinte flush royale sera toujours meilleure qu'un carré d'as. Cependant, si un joueur abat la première et un autre le deuxième, cela fait cinq as en jeu… l'un ou l'autre triche forcément.

*   *   *

**Hors du *Taiyo* –
Un seul Crépuscule pour le Soleil d'Orient**

Une fois au sol, Takashi avait dirigé les opérations qui consistaient à sortir les Crépuscules du vaisseau et à vérifier leur état de marche. Seul Kamaye

 L'ère de l'Expansion

était allé faire un tour d'horizon en vue d'examiner en détail la topographie. Il reviendrait sans doute avec une blague de Martien.

— Il y a des habitants sur Mars ! hurla-t-il, en arrivant au pas de course. J'ai trouvé leur repaire secret, ils se préparent à attaquer la Terre !

Il y eut une époque où ses collègues auraient prêté attention à ce genre de constatation, mais maintenant qu'ils connaissaient tous l'humour particulier – et surtout incessant – de Kamaye, ils se contentèrent de sourire, par courtoisie.

Kamaye n'en rajouta pas et s'enquit de la situation.

— Nous n'avons qu'un seul Crépuscule en parfait état, commença Takashi. La moitié des aéroglisseurs fonctionnent, mais ne pourront atteindre leur vitesse de croisière : ça ne sert absolument à rien de les utiliser. Ne perdons pas plus de temps, on en a tellement à rattraper. On sait tous que le meilleur pilote d'aéroglisseur, c'est toi.

— Je n'ai pas beaucoup de compétition sur Mars, tenta de blaguer Kamaye.

Cette fois, ses collègues ne prirent pas le temps d'appliquer la formalité du sourire en coin. Ils l'aidèrent plutôt à s'installer dans le Crépuscule. Aucun n'eut l'idée de préciser que le milliard de terras serait bien sûr divisé en dix. Tous le savaient, ils formaient une équipe. Les souhaits de bonne chance furent plus que brefs. Kamaye tenta un gag en annonçant son départ en Crépuscule au crépuscule, mais eut un succès mitigé. Il se promit de le répéter dans un meilleur contexte.

Le pilote asiatique fila à vive allure vers la chaîne de montagnes derrière laquelle devait se cacher la plateforme d'arrivée. Des disques infrarouges lui permettaient de voir devant, malgré la nuit tombée, sans être vu par les concurrents. De plus, les réacteurs étaient quasi silencieux. En somme, il était presque invisible dans cette ambiance nocturne. Il gagna en quelques minutes l'avancée rocheuse qui délimitait le pied de la pente escarpée.

Une faille dans la falaise se dessinait clairement devant lui et permettrait d'éviter l'ascension complète de la crête. En s'y engageant, il constata avec joie que sa largeur permettait une mobilité aisée tout en atteignant une bonne vitesse de croisière. Si le véhicule avait été trop large, il aurait été contraint d'avancer à basse vitesse pour éviter des accrochages avec les parois de la falaise. À peine avait-il débouché sur la face opposée de la montagne qu'il empoigna les manettes de frein de secours et entreprit une maladroite manipulation des contrôles. Il évita de justesse un piéton.

Un piéton portant le signe de l'Union sur sa combinaison.

* * *

Hors du *Vahha* –
Les motos gravitaires

L'Alliance du Sud venait de prouver au monde entier le talent de ses pilotes en traversant plus rapidement que l'Étoile le champ d'astéroïdes. Depuis qu'elles avaient quitté le *Vahha*, les quatre redoutables jeunes femmes avançaient à cheval sur des motos gravitaires. Elles avaient maintenant atteint le sommet d'un col facilement praticable et examinaient la suite du parcours. La destination était claire : une source lumineuse – beaucoup plus vive qu'on ne l'avait cru – émanait de derrière un rocher à quelque dix kilomètres. Au détour d'un passage sinueux, la première du groupe freina son engin et fit signe aux autres de s'arrêter aussi. D'où elles étaient perchées, elles aperçurent en contrebas, à une trentaine de mètres, l'un de leurs concurrents, vêtu d'une combinaison ornée du symbole de l'Union. Il progressait péniblement vers la plateforme d'arrivée.

Les quatre pilotes avaient développé au maximum leur art de la communication et les gestes leur suffisaient à établir une discussion claire et concise, comprise de toutes, mais d'elles seules. Le regard questionneur de l'une vers le bas de la falaise demanda la stratégie à adopter. Le haussement d'épaules de la seconde signifia qu'elles n'avaient pas vraiment à s'en soucier : l'homme à pied n'avait aucune chance contre leurs motos gravitaires. La troisième leva l'index et fronça les sourcils pour faire comprendre à ses compagnes que l'homme avait pu s'écraser à proximité et partir en reconnaissance, avant d'embarquer dans son véhicule pour la fin de la course. Il serait dans ce cas encore dans la compétition.

Le subtil clin d'œil de la première vers un bloc de roches en équilibre, à leur hauteur, une cinquantaine de mètres plus loin, proposa un plan bien clair : le propulser devant le piéton pour lui bloquer définitivement la route. Le grincement de dents de la quatrième les prévint du danger que le bloc de roches se retrouve sur le piéton, l'écrasant mortellement. Le silence qui s'ensuivit prouvait qu'elles étaient toutes aux prises avec le même dilemme, à résoudre au plus vite. En effet, devancer le membre de l'Union sans lui nuire augmentait le risque de se faire rattraper. D'un autre côté, il n'était pas question de commettre un meurtre filmé en direct par les astrocaméras. Un quadruple hochement de tête confirma qu'elles avaient toutes eu le même cheminement mental. Tant pis pour leur adversaire, il savait à quoi il s'exposait en participant à cette course. Si elles avaient eu cette discussion en paroles, la Terre entière aurait su ce qu'elles s'apprêtaient à faire. Or, même si des milliards de Terriens les regardaient, personne n'avait saisi le plan qu'elles venaient d'élaborer en catimini.

Les quatre pilotes se remirent donc en route, filant à toute allure dans le dangereux chemin sinueux. Quelques mètres à peine avant de croiser l'énorme pierre en équilibre au bord de la paroi, la première entreprit, très maladroitement, une manœuvre beaucoup trop rapide. Projetée en l'air, elle tomba plus loin et sa moto percuta le rocher. Pendant qu'elle se relevait de sa chute, elle vit le bloc et son véhicule dévaler la falaise vers l'homme portant les symboles de l'Union.

Tout cela eut l'apparence d'un véritable accident.

— Par tous les vaisseaux de l'espace ! s'écria la pilote en se relevant, je dois aller voir s'il est sain et sauf ! Continuez sans moi, je vous rejoindrai à pied.

Les trois motos gravitaires filèrent vers la suite du parcours. Leur plan se réalisait à la perfection.

C'était vers Charles Mirondin que la pilote laissée derrière descendait : écrasé ou pas, il était définitivement hors course.

*　*　*

Questionnement

Charles Mirondin se demandait s'il avait encore une chance d'atteindre en premier la plateforme d'arrivée, maintenant qu'un immense rocher lui bloquait le passage. Cecilia Bramis se demandait si le *Rotatif* était le bon choix de véhicule. Elle avait passé des heures à questionner Francis Rey à ce sujet : le *Rotatif* pouvait avancer dans à peu près tous les milieux, quelle que soit l'inclinaison, mais sa vitesse maximale laissait à désirer. Harry Bleskin se demandait si son épouse avait assisté en direct à leur atterrissage parfait, dont il avait été le maître d'œuvre. Il voyait déjà les grands titres : « L'Étoile remporte de peu la course grâce à l'adresse de Bleskin ! » Michael Fritz se demandait s'il serait à la hauteur aux commandes du *Rotatif*. Peu fier de sa performance jusque-là, il comptait bien épater ses collègues.

De tous les participants à la course, Frank Blist avait le plus de raisons de se questionner. Les organisateurs avaient, de toute évidence, vu sur leurs écrans la condition piteuse de Francesco. Pourquoi n'avaient-ils envoyé aucun véhicule de la plateforme d'arrivée pour tenter de le sauver ? Mais Blist ne se questionnait pas : il savait pertinemment que la scène qui venait de se jouer favorisait les cotes d'écoute. Le Soleil avait une judicieuse raison de ne pas intervenir, allait-on déclarer le lendemain aux médias.

Francesco était mort. Blist avait pris le temps de lui placer les bras en croix et de mettre une poignée de terre sur son corps. À l'instant même où Blist entreprenait la descente dans l'obscurité grandissante, il ne souriait ni physiquement, ni à l'intérieur, malgré son habitude à le faire. Comment une course pouvait-elle s'assombrir au point de causer mort d'homme ? Blist n'était pas fait pour côtoyer la grande faucheuse. Il n'avait présentement qu'une seule pensée : « J'aurais dû me faire enseignant... »

Perdu dans ses réflexions, il vit au dernier moment le véhicule du Soleil qui l'évita de justesse.

*   *   *

Convergence

Hora Kamaye, raidi sur le banc de son aéroglisseur, regarda Frank Blist avec horreur : il avait failli le tuer, à quelques centimètres près !

Frank Blist, affalé sur le sol où il s'était projeté, regarda Hora Kamaye avec horreur : il avait failli mourir, à quelques centimètres près !

Le retour à la réalité fut tout aussi rapide que les réflexes grâce auxquels ils avaient évité la collision. En quelques instants, les deux rivaux branchèrent leurs émetteurs radio sur la même fréquence.

— Tu as survécu à l'écrasement et tu tentes de rejoindre la plateforme à pied, conclut rapidement Kamaye. Bonne chance, mais je vais te dépasser, si tu permets !

— Je permets. Simplement, je descends du sommet de cette falaise, répliqua Blist en pointant de l'index l'endroit où il venait de voir mourir son compagnon. Je peux t'assurer que dans ce genre d'aéroglisseur, tu tomberas facilement dans les nombreux culs-de-sac qui te ralentiront passablement. Tu me précéderas, mais l'Étoile et l'Alliance te devanceront probablement.

— J'ai de l'instinct, je trouverai rapidement le bon chemin, peu importe le labyrinthe naturel entre les rochers.

— Je ne doute pas de la suprématie de ton instinct, mais j'ai vu le parcours, fais-moi monter dans l'aéroglisseur et je te guiderai. Nous serons tous deux vainqueurs.

Kamaye s'esclaffa et tenta de clore la conversation, son temps étant trop compté pour le perdre à bavarder.

— Tout d'abord, il n'y a qu'une seule place dans mon aéroglisseur. Ensuite, je ne suis pas dupe, tu bluffes : je doute fortement que le chemin à venir soit si compliqué.

— Nous serions à l'étroit, mais pouvons entrer à deux dans ton véhicule. Ta vitesse maximale en sera réduite, mais de toute façon, le reste du chemin est en terrain escarpé, il n'y aura donc pas de haute vitesse.

— Mais ça ne change rien au fait que tu bluffes à coup sûr.

— Je bluffe peut-être et comme tu n'as probablement pas plus confiance en moi que moi en toi, je n'insisterai pas sur ma réputation d'homme de parole. Simplement, considère les quatre options. D'un côté, je bluffe ou je ne bluffe pas. D'un autre côté, tu m'embarques ou non. Si je ne bluffe pas et tu ne m'embarques pas, nous perdons tous les deux. Tentons d'éviter ce cas.

Kamaye voyait désespérément le temps s'égrener, mais le doute avait été semé dans son esprit. Blist enchaîna rapidement :

— La seconde option, je bluffe et tu m'embarques. Dans ce cas, tu partages la victoire, mais tu restes vainqueur. Issue légèrement désagréable, sans plus. Ensuite, si je bluffe et tu ne m'embarques pas, tu es le grand gagnant et tu pourras vanter l'étendue de ton instinct. Finalement, il y a le dernier cas : je ne bluffe pas et tu m'embarques. Cette dernière option te donne un résultat semblable au précédent, tu gagnes et ton instinct sera admiré de tous. Dans ces trois dernières options, tu es vainqueur : tentons donc d'éviter la première. N'oublie pas que tu prends ta décision devant des milliards d'admirateurs, qui viennent d'entendre notre discussion en direct et qui ont compris que ta meilleure chance de remporter la course est de me faire monter avec toi.

Le rappel que tout était filmé fit naître dans l'esprit de Kamaye la clé du dilemme.

— Tu as vu le bon chemin du haut de cette falaise, commença le représentant du Soleil d'Orient au rythme de dix mots à la seconde.

— Absolument, répondit Blist sans détour.

— Et la caméra de ta combinaison est fonctionnelle ?

— Absolument.

— Je peux donc prendre la puce d'enregistrement dans ta combinaison et visionner ce que tu as vu, pour savoir si tu bluffes ou non.

— Oui, mais ça prendra un certain temps et...

— Oui, oui, je vois. Embarque et je visionnerai en route. Si tu m'as trompé, crois-moi que je te ferai sortir.

Blist ne bluffait pas. Cependant, il était en train de comprendre que la balle changeait de camp. Il en fit part à Kamaye en pénétrant dans le Crépuscule :

— Maintenant, c'est moi qui dois te croire sur parole. Une fois que tu auras visionné ce que j'ai vu, tu n'auras plus besoin de moi. Qu'est-ce qui t'empêchera alors de me projeter dehors ?

– Effectivement ! Et je n'ai pas une aussi bonne démonstration que la tienne pour t'en convaincre, répondit Kamaye, en tentant de s'installer confortablement à deux dans l'espace conçu pour une seule personne. Tu peux te baser sur le fait que j'aurai alors vu que tu ne bluffais pas et que je voudrai te rendre ta loyauté...

Ni l'explication ni le ton de Kamaye ne mit Blist en confiance, mais il dut s'en contenter.

*   *   *

Révélations

Le ping-pong. Tout rappelait à Frank Blist le ping-pong et, à plus forte raison, l'échange d'arguments qu'il venait d'avoir avec Kamaye, par des coups rapides et de légères feintes. Kamaye avait visionné l'enregistrement de Blist et avait vu qu'il ne bluffait pas. Comme après une partie où le pointage a été aussi serré qu'elle a été excitante, la pression était vite redescendue. Le ton de voix des nouveaux alliés progressait vers l'agréable. Kamaye réitéra la blague sur son départ en Crépuscule au crépuscule, mais le succès ne fut pas plus retentissant que la première fois. Il attribua cet autre revers de fortune à l'humour qui différait d'un pôle à l'autre. Il la réutiliserait dans un meilleur contexte.

L'aéroglisseur filait vers l'énorme rocher et, sans doute, la plateforme d'arrivée. Plus il cheminait, plus Blist s'étonnait de l'intensité de la lumière qui s'en dégageait. Combien de projecteurs avaient été installés ? La course avait été rapide et il n'avait jamais pris le temps de se questionner sur cette anomalie. Pourquoi la plateforme était-elle construite au cœur des montagnes et dissimulée ? Kamaye était à des lieues de ce genre de questionnement. Il scrutait en continu les quatre coins de l'horizon, pour tenter d'apercevoir les véhicules de l'Étoile ou de l'Alliance. Aucun n'était visible. Il était donc clairement en avance ou en retard.

Les deux alliés eurent simultanément réponse à leurs questions. Blist fut sidéré, Kamaye atterré.

Blist était ébahi devant le paysage qui s'offrait à lui : la plateforme d'arrivée n'était pas qu'un vulgaire double dôme d'une vingtaine de mètres de diamètre, comme d'habitude, mais une immense ville, illuminée de tous ses angles. Sous un cube de verre de deux cents mètres d'arête étaient érigées d'incroyables bâtisses, toutes ornées des symboles du Soleil d'Orient. Ne comprenant ni d'où provenait toute cette énergie ni la façon dont on avait pu acheminer sur Mars les matériaux nécessaires, Blist se retourna vers son compagnon stupéfié. Kamaye ne regardait pas l'intérieur du cube de verre, mais plutôt le fier véhicule stationné à l'entrée.

— Merde ! Le *Rotatif* de l'Étoile est déjà là... Nous avons perdu...

— Ils ont quelque chose à nous annoncer... murmura Blist.

— Tu dis ?

— Je dis qu'ils ont quelque chose à nous annoncer. Les cotes d'écoute...

— Merde ! Regarde. Les motos gravitaires de l'Alliance sont là aussi. On est derniers !

Mais Blist s'en foutait. Il n'était mentalement plus dans la course.

– Non, ils ont quelque chose à nous montrer, rectifia-t-il. Les caméras obligatoires installées sur nos casques…

Le Crépuscule progressa rapidement jusqu'à l'entrée de la ville. En descendant de l'aéroglisseur, Kamaye risqua une petite farce sur le fait qu'il n'avait jamais été aussi longtemps collé sur un autre homme.

Mais Blist s'en foutait. Il était en train de calculer le nombre de voyages qu'il avait fallu entre la Terre et Mars pour y apporter le matériel. Même avec le plus grand cargo spatial connu, le nombre d'allers-retours était incalculable et les coûts, inimaginables. Il essayait de comprendre, mais sa pensée tournait en rond comme un ruban de Möbius. Il lui manquait un élément pour sortir de la boucle.

Les compagnons pénétrèrent dans l'antichambre qui servait de tampon pour les pressions et températures extérieures. Ils se dévêtirent en silence, hormis une tentative de plaisanterie de Kamaye relative à l'inconfort de ses sous-vêtements. Une fois les portes ouvertes, les yeux de Blist s'écarquillèrent encore : il n'y avait pas le petit comité d'accueil habituel de fin de course. Cette fois s'étalait devant eux une foule de plus de cinq mille personnes. Tous habitants du Soleil, ils se ruèrent sur Kamaye pour l'acclamer.

Mais Blist s'en foutait. Il laissa Kamaye à ses admirateurs et marcha lentement, abasourdi, vers la place centrale. Quatre personnes l'attendaient. Il reconnut le capitaine de l'Étoile, un membre de l'Alliance et le Président organisateur de la course. Il ne replaça pas immédiatement l'autre dignitaire. C'est d'ailleurs lui qui prit la parole, ce qui allait à

l'encontre de l'éthique requérant de laisser le mot
d'accueil au Président organisateur.

— Bienvenue, Frank Blist.

— Merci, mais…

— Vous connaissez Francis Rey, coupa l'homme
que Blist n'arrivait toujours pas à reconnaître. Il
fait partie de l'équipe gagnante : l'Étoile d'Amérique est officiellement victorieuse, trente minutes
à peine avant l'Alliance du Sud.

Le sourire de l'homme permit enfin à Blist de
le reconnaître : il l'avait vu fréquemment à la télé-
vision, aux nouvelles internationales. Il s'agissait
de Sunaï Misashi, le gouverneur du Soleil, l'une
des quatre plus importantes personnes de la Terre
entière ! Une quantité incroyable de soldats armés
se dressait autour d'eux. Déploiement nécessaire à
toute apparition publique du grand Misashi. Blist
tenta de se faire plus respectueux, mais il était
fatigué et beaucoup trop avide de comprendre. Il
laissa le gouverneur enchaîner :

— Tout d'abord, nous sommes sincèrement
désolés, au nom du Soleil et de tous les pôles, de
l'incident funeste pour Francesco. Un problème
technique nous a empêchés de voir vos caméras
pendant quelques heures et lorsque la communication a été rétablie, il était trop tard. Sachez que
nous aurions sans hésitation envoyé un détachement pour le sauver.

— Bien sûr, se contenta de répondre Blist.

Ne voulant pas commencer une conversation
démontrant qu'il n'en croyait pas un mot, il eut
un regard circulaire signifiant « mais tout ça, c'est
quoi ? » Une installation aux formes et aux couleurs étranges retint son attention. D'ailleurs, en y
pensant bien, l'endroit où avait été disposée cette

chose était conçu pour attirer le regard. Misashi saisit la perche :

— Frank Blist, je te présente l'Explorateur, le premier téléporteur à grande échelle créé par l'Homme.

EXTRAIT D'UN LIVRET HISTORIQUE DE LÉA FLAMAND

À L'INTÉRIEUR DES PÔLES

Contrairement à la croyance populaire, aucun gouvernement n'a jamais visé l'homogénéité raciale ou ethnique de son peuple. L'objectif de la création des pôles a toujours été d'uniformiser les valeurs et les mentalités, et non les couleurs de peau et les cultures. Ainsi, par Asiatiques, on n'entendait pas nécessairement « gens aux yeux bridés », mais simplement les habitants du Soleil d'Orient.

Les années qui ont suivi la signature du traité de Tokyo ont été marquées par de nombreux tests que tous les gouvernements ont fait subir aux immigrants récents, c'est-à-dire aux personnes arrivées moins de trente ans avant la signature de l'entente. Si leurs valeurs et les grandes orientations du pôle semblaient concorder, elles pouvaient rester, car leur assimilation allait être facile. Autrement, elles étaient renvoyées dans leur pôle d'origine.

Les peuples autochtones ont eux aussi dû se soumettre à ces tests de valeurs. Les groupes ethniques pour lesquels une divergence trop grande avec les orientations gouvernementales était notée se trouvaient tout simplement mis en marge de la société.

Certaines de ces nations indigènes furent cloîtrées dans des réserves, d'autres sur des îles en eaux internationales, sans liens avec aucun des pôles. Il s'agissait donc de rares nations autonomes.

Historiquement, les gouvernements respectèrent les frontières entre les pôles. Tout cela, bien sûr, jusqu'à la création des Explorateurs, qui vinrent changer les paradigmes.

II
La thèse d'Eva Miller
Année 2224

Semaine 1 de la session d'Eva Miller

Frank Blist regardait par la fenêtre de son bureau la horde de nouveaux étudiants dévaler les allées du parc voisin. La fébrilité des premières journées était toujours palpable : la recherche des locaux, la découverte des enseignants et la réflexion constante, à savoir si on avait fait le bon choix de programme. Il adorait voir les étudiants vivre ces moments inoubliables. Seize ans après la course où il avait vu dévoiler le téléporteur, Blist avait réalisé son rêve : il était maintenant le professeur le plus réputé de l'Université de Londres. Pleinement conscient d'avoir assisté à une plaque tournante de la destinée humaine, il était loin de se douter que l'une de ses étudiantes serait au cœur de la révolution suivante.

*　*　*

— Quatre points sont à considérer, lança Blist, au retour de la pause. D'abord, le transport des matériaux. Il est difficile, voire impossible, d'envisager des constructions de grande envergure dans des lieux exempts de ressources naturelles. Sans l'Explorateur, Mars n'hébergerait pas aujourd'hui une ville de cette ampleur. Tous les matériaux utilisés pour édifier la capitale que vous connaissez sous le nom de Dubaï II y ont été apportés par téléportation. La vie ne peut se développer d'elle-même sur Mars, ni d'ailleurs sur les autres planètes de notre système solaire à l'exception de la Terre, et on ne peut y établir de colonie. Par contre, Dubaï II apporte de nombreux avantages sur le plan scientifique.

Eva Miller s'humecta les lèvres de son café brûlant à la vanille, en prenant des notes. Elle en était à sa quatrième année et avait choisi ce cours par intérêt professionnel, contrairement à la plupart des autres qui avaient misé, à juste titre, sur la réputation du professeur. Passionnée de tout ce qui concernait les découvertes sur les voyages interstellaires, Eva l'avait inscrit à son cheminement depuis le début de ses études. Sa main droite et son stylo à bille jubilaient à l'idée de faire équipe pour tout enregistrer ce qui allait se dire.

— Deuxième point, continua l'enseignant, la création de centres de recherche spatiale *in situ*. Puisque les outils et les matériaux nécessaires à l'entretien des laboratoires d'observation peuvent y être téléportés, ces établissements ont une durée de vie illimitée. Ils pourraient, théoriquement, ne jamais revenir sur Terre et être perpétuellement fonctionnels. De la même façon, les ressources humaines peuvent y demeurer, peu importe la position spatiale de leur milieu de travail, car il n'y a plus de restrictions techniques, comme la quantité d'eau ou de nourriture disponible. Grâce aux Explorateurs, au pluriel, car le téléporteur s'est avéré reproductible, l'étude de la Galaxie sera possible ! Explorateur est donc le meilleur nom que le Soleil pouvait donner à son invention !

La passion avec laquelle Blist s'exprimait avait fait sa renommée, se rappela Eva. Lors de l'accueil des étudiants de première année, les finissants avaient l'habitude de faire de la propagande, positive ou négative, sur l'ensemble des cours. Les commentaires sur *ESP718 Voyage interstellaire* étaient unanimes : c'était celui à prendre pour les passionnés d'actualité spatiale. Il contribuait d'ailleurs à la réputation grandissante de l'Université de Londres. Le professeur avait l'expérience du terrain, les connaissances requises et un talent oratoire incontesté.

– Troisième point, poursuivit-il, devant la salle bondée de quatre cents étudiants, la téléportation rend l'espace accessible au grand public. Aucun entraînement physique n'est nécessaire et cela ne comporte aucun risque pour la santé. C'est pour le prouver qu'il y a déjà seize ans, le Soleil a amené sur Mars plus de cinq mille civils pour l'accueil grandiose des concurrents. Depuis cet événement, qu'on appelle – vous le savez tous – le lancement de l'Explorateur, des centaines de milliers de personnes ont séjourné dans les luxueux hôtels de Dubaï II. On ne parle ici que de villégiature, mais lorsque d'autres planètes habitables seront découvertes, ce troisième élément prendra encore plus d'importance, car il permettra directement la colonisation ! Cela me mène à parler du quatrième et dernier point.

Le duo composé de la main droite et du stylo d'Eva ne cessait de produire. Elle notait passionnément les principaux avantages du téléporteur. Blist était l'un des rares à plonger au cœur du contenu dès le premier cours. De façon générale, c'était plutôt mal vu des étudiants, habitués à une première semaine tranquille axée sur les activités de la rentrée. Les professeurs qui donnaient plusieurs heures de matière au tout début n'étaient pas les plus populaires. Pourtant, Blist prouvait le contraire et Eva admirait sans retenue sa capacité de susciter de l'intérêt pour des sujets complexes.

– Le quatrième et dernier point est la possibilité d'atteindre d'autres systèmes solaires ! L'étoile la plus rapprochée de la Terre s'appelle Proxima du Centaure, l'une des trois qui forment le système Alpha Centauri. Comme vous avez dû le voir dans le cours préalable *ESP576 Géographie galactique*, elle se trouve à environ 4,3 années-lumière de la Terre. Qui parmi vous a suivi le cours optionnel *ESP469 Cybervitesse* ? Environ la moitié ? D'accord. Je ne reprendrai pas tout, mais il est important que vous ayez une base pour comprendre.

« Sachez que les technologies permettant d'atteindre la cybervitesse, soit le dixième de la vitesse de la lumière, ont été découvertes il y a plus de cent ans, en 2110. Depuis, aucun progrès n'a été fait, comme s'il s'agissait de la limite absolue. Vous comprenez donc qu'il faudrait quarante ans juste pour atteindre Proxima du Centaure. Personne ne peut évidemment consacrer quatre-vingts ans de sa vie à l'aller-retour. Par contre, sur un vaisseau muni d'un Explorateur, le voyage vers Proxima du Centaure serait envisageable, puisque les membres de l'équipage pourraient revenir sur Terre et être remplacés à tout moment ! »

C'est sur cette image que Blist acheva son cours. Il n'avait pas besoin de préciser les lectures requises pour la semaine suivante, tout apparaissait déjà sur la toile. Eva Miller ne put s'empêcher d'aller lui parler :

– J'ai vu dans le plan de cours que deux visites sont prévues, commença la jeune femme de vingt et un ans. L'une à la semaine quatre et l'autre à la semaine dix, mais les lieux ne sont pas précisés.

— Tu sais, commença le professeur en rangeant ses documents, j'ai beaucoup de contacts à gauche et à droite pour des visites, alors je préfère prendre le pouls du groupe. Je vais proposer des choix à la troisième semaine et vous voterez. La première est habituellement à Londres et la deuxième à l'extérieur.

— Peut-être allez-vous dire que je vois trop grand, mais il me semble qu'une visite de Dubaï II serait totalement appropriée.

— Ha! Ha! Ha! s'esclaffa sincèrement l'enseignant. Non seulement le budget accordé par l'université ne permettrait pas un voyage sur Mars, mais il existe aussi une impossibilité fondamentale : seuls les habitants du Soleil sont autorisés à utiliser les Explorateurs.

— Mais pourquoi?

— Cette excellente question sera traitée à la conférence prévue la treizième semaine!

Eva Miller acquiesça, jouant l'étudiante qui avait lu le plan de cours en détail, alors qu'elle n'avait aucune idée de ce dont il parlait.

— La conférence de M. Misashi, le gouverneur du Soleil, reprit le professeur, sourire en coin.

Semaine 2

En rentrant chez elle, Eva Miller avait encore médité sur le deuxième cours de la session. Elle était impressionnée par le talent qu'avait Blist de tout diviser en points et en sous-points. Non seulement le fond de ses cours était-il intéressant, mais leur structure facilitait l'assimilation de la matière. Celui d'aujourd'hui avait abordé les dix raisons qui entraînaient l'humain vers les voyages interstellaires.

Assise à table avec ses parents, elle repensait aux enseignements de Blist. Il est vrai que, depuis quelque temps, les repas se passaient en silence. En effet, Alicia Miller et Jimmy Bald étaient beaucoup trop préoccupés par leurs soucis financiers pour entretenir des conversations anodines. Le père était ingénieur en aérospatiale et directeur du Centre londonien de recherches spatiales, le CLRS. Les subventions accordées à la recherche s'amenuisaient d'année en année depuis quinze ans. À présent, le Centre menaçait de fermer ses portes et Bald, qui remplissait aussi la tâche de conseiller financier depuis l'abolition du poste, n'avait aucune solution à apporter. Si le Centre fermait ses portes, non seulement la carrière de Jimmy Bald serait en jeu, mais aussi la qualité de vie de la famille. Jimmy, Alicia et Eva vivaient dans un luxe en rapport avec le salaire de directeur de Jimmy. La perspective de perdre cet avantage créait une certaine tension au sein de la famille.

Ce repas avait grand besoin d'un sujet plus léger, à faire sourire.

— Un dénommé Shawn a appelé, lança Alicia, à la façon d'une mère qui veut en savoir plus sur une nouvelle relation. C'est un nouveau collègue ?

— Non, non, c'est un gars que j'ai rencontré à la cafétéria. Il veut peut-être m'acheter des livres dont je ne me sers plus. J'attends juste de voir où se feront les visites du cours de Frank Blist : si c'est dans un centre de recherche, je vais devoir conserver tous mes livres pour me préparer.

Deux parents, deux pensées diamétralement opposées. D'un côté, un père qui saisissait une occasion : connaissant les budgets universitaires, il proposa à sa fille de suggérer une visite au Centre londonien de recherches spatiales, ce qui lui obtiendrait des fonds. De l'autre, une mère qui demeurait en réflexion : impressionnée par la vitesse à laquelle sa fille avait réussi à changer de sujet.

Semaine 3

Shawn passa par hasard (*c'était totalement faux, il l'attendait*).

— Eva, c'est bien ça ? commença-t-il, même s'il n'avait absolument aucun doute sur son nom.

— Exact ! Shawn, c'est ça ? répliqua-t-elle, sur le même faux ton désinvolte. Désolée, je n'ai vraiment pas eu le temps de te rappeler (*c'était faux : trop excitée, sa mère avait mal noté le numéro de téléphone*), mais de toute façon, je ne pourrai pas te vendre les livres qui t'intéressent, j'en ai besoin afin de me préparer pour la visite du CLRS.

— Wow ! Vous allez visiter le centre de recherches ! J'ai toujours voulu participer à ce genre de sortie (*totalement faux aussi, petit espoir de se faire inviter*), peut-être que je prendrai le cours de M. Blist en quatrième année.

— En fait, je suis certaine (*encore faux*) que tu pourrais te joindre au groupe sans problème, une personne de plus ne changera pas grand-chose, on est déjà quatre cents.

— Je ne veux pas m'imposer (*toujours faux*) et je ne sais pas vraiment comment préparer une visite.

— Si tu veux, on peut se préparer ensemble, ça me ferait plaisir de te montrer comment (*vrai, cette fois*).

Semaine 4

Eva Miller n'avait pas l'habitude de laisser traîner ses longs cheveux sur son visage. Si elle se cachait présentement derrière ce voile capillaire, c'est qu'elle était embarrassée d'avoir les projecteurs sur elle.

Lors de la séparation en groupes de quarante étudiants au début de la visite du CLRS, elle n'avait pas été mal à l'aise de se retrouver dans celui qui serait dirigé par son père. Aucun collègue ne ferait le lien, Eva portait le nom de famille de sa mère. Pourtant, il ne s'était pas passé deux minutes avant que Jimmy Bald annonce à tous qu'il était le père d'Eva. Après six minutes, il souligna qu'elle venait de fêter hier ses vingt-deux ans. Onze autres minutes et il s'exclama devant tous qu'il était bien content que sa fille fréquente un aussi charmant garçon, en pointant Shawn du menton. Quinze minutes seulement passèrent avant qu'il ne montre la photo d'Eva, sur son bureau, en passant par cette pièce lors de la visite et vingt-trois minutes avant qu'il ne revienne sur le fait qu'Eva venait de fêter hier ses vingt-deux ans... Jimmy Bald était fier de sa fille, mais n'avait jamais saisi qu'elle préférait se faire discrète plutôt qu'être mise en évidence. Eva avait franchement hâte que la visite se termine.

Ils avaient parcouru les laboratoires de recherche antigravitaire, les vieux locaux de recherche sur la cybervitesse, le bloc d'aide à la vélocité spatiale et arrivaient maintenant à l'observatoire galactique. Bien que n'ayant pas suivi le cours de Frank Blist sur l'Explorateur, Shawn Birth avait une connaissance des événements historiques ayant trait au dévoilement grandiose de ce premier téléporteur. Il s'adressa à Bald à ce sujet :

– Ce n'est pas un peu étrange que ce soit le Soleil d'Orient qui ait gagné cette course à la création d'un téléporteur ? Je veux dire qu'historiquement, l'Étoile d'Amérique gagnait ce genre de compétition technologique. Ils ont été les premiers sur la Lune, les premiers sur Mars…

– Effectivement, répondit Bald, l'ego caricatural de l'Étoile les aurait probablement poussés à tout mettre en œuvre pour gagner. Mais il n'y avait pas de course ! Toutes les recherches du Soleil avaient été faites dans le plus grand secret, si bien qu'aucun des trois autres pôles n'avait envisagé sérieusement la téléportation de matière. Même si certains excentriques travaillaient sur de petits projets dans cette voie – sans crédibilité ni subvention – l'idée restait généralement de la science-fiction !

– Et depuis que le Soleil a prouvé que cela n'était pas de l'ésotérisme, continua Shawn, les trois autres pôles ont dû entreprendre de grandes recherches ?

– Ça aurait pu arriver et, à mon avis bien personnel, ça aurait dû arriver ! Mais c'est l'inverse qui s'est produit. Le Soleil avait mené ses recherches pendant près de cent ans. Le retard qu'accusaient les autres pôles était trop grand, on a assisté à un découragement général. En fait, on dirait que tous les scientifiques de la Terre attendent que le secret de la téléportation leur soit révélé, pour ensuite optimiser le processus. La recherche continue dans bien des domaines, mais en téléportation de matière, c'est un état latent généralisé.

Comme il n'y avait pas d'autres questions, la visite se poursuivit vers les centres d'atomisation. À la fin de la journée, Eva partit en vitesse, redoutant que son père n'attire encore les regards sur elle en lui criant un « je t'aime » paternel.

De retour à l'Université de Londres, elle s'enferma avec Shawn dans un poste de travail modulaire de la bibliothèque pour y rédiger son rapport de visite. Ces lieux de travail n'étaient pas insonorisés, mais l'endroit était calme puisqu'il était d'usage d'y garder le silence ou d'y chuchoter discrètement. Cependant, Eva Miller avait une ouïe grandement supérieure à la moyenne, jusqu'à être facilement déconcentrée par les conversations avoisinantes. C'est contre son gré qu'elle entendit ce qui se disait, à la limite de l'audible, dans le poste de travail adjacent :

— Et le reste, quand le gouverneur sera dans la tombe.

Semaine 5

Shawn était allongé sur son balcon en compagnie d'Eva. La tempête faisait rage, mais ils étaient à l'abri et la nuit était chaude. Pour lui, c'était un exemple de petit plaisir de la vie : l'ambiance créée par le son et l'odeur de l'orage, tout en étant au sec et au chaud.

C'est loin d'être le genre de réflexion qui préoccupait Eva au même moment. Depuis trois jours, elle n'avait cessé de penser à ce qu'elle avait entendu : il n'y avait que quatre gouverneurs présentement sur la Terre, et l'un d'eux, celui du

Soleil, venait faire une conférence à l'université dans moins de deux mois. Tout portait à croire qu'elle avait surpris une conversation préméditant un assassinat. Mais il pouvait s'agir d'une simple blague ou de la répétition d'une pièce de théâtre ! Elle avait peut-être mal compris. Non, ça, c'était peu probable, elle était certaine des paroles prononcées. Un autre détail l'agaçait par-dessus tout : après avoir entendu ces paroles, elle s'était levée, feignant de quitter le poste de travail modulaire, mais en réalité pour voir les gens qui parlaient. Deux hommes dans la quarantaine se trouvaient dans la cabine voisine. Eva était persuadée qu'elle reconnaissait l'un d'eux, sans pouvoir l'identifier.

Shawn, pour l'instant la seule personne à qui Eva avait raconté ce qu'elle avait entendu, vit qu'elle était toujours tourmentée :

— Tu devrais en parler à la sécurité de l'université.

— Et avoir l'air d'une vraie conne ! Qu'est-ce que je leur dirais ? Deux hommes vont tenter d'assassiner le gouverneur et moi, Eva Miller, je les ai surpris à comploter ?

— Et si tu avais bien entendu ?

— Je dirais quoi ? Je n'ai aucune preuve. Et je n'arrive même pas à reconnaître l'homme que je suis convaincue d'avoir déjà vu quelque part.

— Tu pourrais en parler à M. Blist, c'est lui qui organise la conférence.

— C'est à peu près la personne à qui j'ai le moins envie de soumettre une histoire aussi ridicule ! Il est un modèle pour moi, tu comprends ?

— De toute façon, reprit Shawn, en caressant les longs cheveux d'Eva, il s'agit du gouverneur du Soleil : l'une des personnes les plus influentes de la Terre ! La sécurité sera à son plus haut niveau, ne t'en fais pas.

— Tu as raison, je ne sais pas pourquoi je me tourmente. D'ailleurs, j'ai un cours avec Blist, demain. Je pourrai discuter avec lui du mode de sécurité mis en place pour l'événement. Ça va probablement effacer mes craintes.

C'est donc après le cours le plus technique de la session, une leçon magistrale portant sur les limites physiques des Explorateurs, qu'Eva Miller aborda Frank Blist. Sans qu'elle le sache encore, c'est la conversation qui marqua le plus grand tournant dans sa vie professionnelle.

— Ha ! Ha ! Ne t'en fais pas pour la sécurité du gouverneur, affirma Blist, sans crainte, il est probablement l'homme le mieux protégé au monde ! De plus, seules les personnes triées sur le volet auront accès à la salle, même si on en attend près de deux mille.

— Je n'avais aucune crainte, poursuivit Eva, en se sentant légèrement ridicule, c'est juste que je suis toujours curieuse…

— Et c'est une excellente qualité de vouloir toujours en savoir plus. D'ailleurs, j'ai lu les rapports de la visite de la semaine dernière de tous les étudiants et j'ai été très impressionné par ton analyse.

— Pourtant, c'était un rapport bien simple…

— Au contraire, renchérit Blist, tu es peut-être la seule qui ne se soit pas contentée d'énumérer des faits. Tu t'es basée sur l'information recueillie pour en faire une analyse critique visionnaire !

— C'est sûr que je connaissais déjà un peu le Centre…

– Non, non. Ce qui m'a impressionné dans ton travail, c'est ta réflexion. Est-ce que tu comptes faire des études supérieures ?

– J'y ai souvent pensé, j'ai d'excellentes notes, mais pour accéder aux cycles supérieurs, il faut être premier de classe, ce qui n'est pas tout à fait mon cas…

– Non, non, non, l'interrompit Blist. Pour faire de hautes études, ce que tu possèdes suffit : un esprit d'analyse et de déduction ainsi qu'un bon allié dans le corps professoral ! Je te demande ça parce que j'ai un collègue qui a d'intéressants projets de recherche pour des étudiants intelligents. C'est un expert en vision du futur de l'humanité. Je ne sais pas si c'est un domaine qui t'intéresse.

– Absolument, répondit Eva, en tentant de contenir son excitation. Qui est ce professeur ?

– Il se nomme Greg Philips, mais tu n'as probablement jamais entendu parler de lui, car il n'enseigne plus depuis des années, pour se concentrer sur ses recherches. Je dois justement le voir la semaine prochaine, après le cours ; tu pourrais venir te présenter.

– Bien sûr, j'en serais très honorée. Vous vous rencontrez parce que vous avez des projets communs ?

– Non, c'est mon meilleur adversaire au ping-pong.

Semaine 6

– C'était principalement avec l'uranium 235 et le plutonium 239 que se faisait anciennement la fission nucléaire. La réaction en chaîne engendrée par cette libération d'énergie produisait par contre une grande quantité de déchets radioactifs. Le procédé connut son apogée il y a environ deux siècles, mais fut vraiment mal accepté socialement.

« Après la fission, est arrivée la fusion nucléaire, beaucoup plus près du renouvelable, avec très peu de déchets. Cependant, la fusion contrôlée requérait de l'hélium 3, présent en grande partie sur la Lune. Vous comprenez donc le fondement de la troisième conquête de l'espace ! Je vous résume rapidement. On considère dans le milieu scientifique qu'il y en a eu cinq :

- Le premier homme dans l'espace :
  course gagnée par l'Union.

- Le premier homme sur la Lune :
  course gagnée par l'Étoile.

- Le premier pôle capable de transporter des quantités massives d'hélium 3 sur terre :
  course gagnée par l'Étoile.

- Le premier homme sur Mars :
  course gagnée par l'Étoile encore.

- Le premier pôle à amener des civils dans l'espace : course – ce terme n'est pas approprié, je sais – gagnée par le Soleil, grâce à l'Explorateur.

Avant de vous laisser partir, je vous rappelle que lundi prochain, il n'y a pas de cours, car c'est la semaine de relâche – précision relativement inutile à faire à des étudiants connaissant très bien leurs congés. J'ai réservé le grand auditorium pour ceux qui voudraient voir la course de mardi en direct. J'y serai à coup sûr ! »

Depuis l'année où Blist avait participé à la course vers Mars, il organisait toujours une grande séance de visionnement des compétitions subséquentes. Comme il était lui-même une tête d'affiche pour la promotion de ces événements, les visionnements aux quatre ans étaient des plus courus.

Le cours terminé, Eva accompagna Blist dans les salles d'activités sociales réservées au personnel enseignant.

Greg Philips était un homme costaud, à l'apparence plutôt militaire, diamétralement opposée à celle d'un universitaire classique. Du haut de ses six pieds quatre pouces, il avait le regard sévère et un sourire méprisant aux lèvres. Tout pour mettre Eva à l'aise au premier regard!

— C'est donc elle, ton étudiante modèle!

— Enchantée, dit-elle, en tendant une main moite. J'ai eu la chance de lire certaines de vos publications cette semaine.

Il la toisa avec un air de défi.

— Et puis, comment tu résumerais ma vision du futur?

— Je dirais… que l'humain va toujours s'adapter, répondit Eva, flairant la mise à l'épreuve.

— Exactement, peu importe le réchauffement planétaire, la déplétion de la couche d'ozone ou l'élévation du niveau de la mer. C'est l'essentiel de mon message qui, je le sais pertinemment, choque bien des personnalités alarmistes! Mais pour en revenir à toi, Eva Miller, Frank m'a dit que tu voulais peut-être accéder aux cycles supérieurs. C'est sûr que j'ai de très beaux projets pour les étudiants brillants. Le meilleur de ma spécialité, c'est le parfait mélange de physique moderne, de philosophie, d'histoire et de sociologie. Tu me donneras tes impressions après la conférence de Misashi; ce connard compte choquer les gens!

– Pardon! murmura Eva, déstabilisée.

– C'est un connard! renchérit Philips, en haussant le ton. Il est puissant, influent et extrêmement respecté, mais c'est l'être le plus désagréable que j'ai vu de ma vie! Il est xénophobe, raciste et totalement fermé aux points de vue différents du sien. Je ne suis pas le seul à le détester, le NMP l'a élu ennemi du progrès mondial l'an dernier.

– Le Nouveau Mouvement Progressiste, compléta Blist, qui se doutait qu'Eva n'oserait pas poser la question devant l'arrogance de son collègue. Le NMP est un groupe anti-traditionaliste de plus en plus influent au sein de l'Union. Il prône principalement l'ouverture d'esprit et l'abolition des pôles. J'ai quelques amis assez haut placés dans ce mouvement. Si tu veux, Eva, tu pourras rencontrer certains d'entre eux pendant le visionnement de la course, la semaine prochaine. Tu comptais venir?

– Oui, oui, bien sûr, mentit Eva qui adorait cette course – comme tout le monde –, mais qui avait plutôt l'habitude de la regarder en famille. J'y serai à coup sûr.

– Bon, parfait, on se reverra donc là, conclut Philips. Maintenant, Frank et moi avons une partie à jouer! D'ici là, continue de lire mes publications. Que je t'accepte ou non comme étudiante importe peu : prendre le temps de lire mes publications est toujours bénéfique pour l'esprit!

En quittant la salle, Eva avait trois pensées bien précises en tête.

Un. Des études supérieures sous la tutelle de Greg Philips seraient une épreuve. Il faudrait une incroyable rigueur pour rendre des comptes à un personnage aussi imbu de lui-même. C'était un défi de taille, mais elle était prête. Elle allait donc passer la semaine à se taper les écrits de celui qui serait peut-être son directeur de thèse.

Deux. Frank Blist était décidément son modèle. Il était aussi humble qu'intelligent, et surtout tellement prévenant à son égard.

Trois. Des gens détestaient Misashi, le gouverneur du Soleil...

Semaine de relâche

La course venait de débuter !

Les quatre vaisseaux s'élevaient vers l'espace, devant près de trente milliards de paires d'yeux rivés sur leur Visio projection. La course était particulièrement importante cette année, car l'Étoile d'Amérique visait une dixième victoire consécutive ! Michael Fritz, qui avait concouru contre Blist plus de quinze ans auparavant, était maintenant le capitaine du navire spatial de l'Étoile.

À l'Université de Londres, l'auditorium était bondé et l'ambiance, à son comble. Eva était assise avec Philips et quelques collègues de sa chaire de recherche. Elle aurait bien aimé que Blist se joigne à eux, mais l'ancien pilote de vaisseau était beaucoup trop sollicité aujourd'hui. Eva risqua une question, espérant fortement qu'elle soit pertinente :

— Est-il possible que Mars soit plus visible que les années précédentes ?

— Tu connais le principe d'opposition, au moins ? soupira Philips.

— Bien sûr, répondit-elle le plus rapidement possible, on dit que Mars est en opposition lorsque la Terre se trouve entre elle et le Soleil. C'est là que la distance entre la Terre et Mars est la plus courte. C'est aussi toujours à cette période qu'a lieu la course. Je sais bien que c'est à ce moment qu'on discerne le mieux la planète rouge, mais je trouve justement qu'on la voit plus clairement qu'il y a quatre ans.

– Oui, mais tu devrais réviser tes notes à propos des types d'opposition, la corrigea Philips sur un ton qui supposait que le moindre crétin les connaissait bien. À cause de l'excentricité de l'orbite de Mars, les deux planètes ne sont pas à la même distance chaque fois. Par exemple, lorsqu'on est en opposition aphélique, la distance entre la Terre et Mars est de cent deux millions de kilomètres. À l'inverse, lorsqu'on est en opposition périhélique, cette même distance est à son minimum, soit cinquante-six millions de kilomètres. C'est le cas cette année, comme il arrive aux seize ans environ, c'est pourquoi on voit mieux notre planète voisine. C'est tout.

Eva se demandait si elle allait un jour s'habituer à l'attitude méprisante qu'adoptait en permanence son éventuel directeur de thèse ! La course débutait à peine que, déjà, elle avait besoin d'une pause. Elle se leva pour aller s'acheter un grand verre de boisson aux ananas. Pendant qu'elle faisait la queue, un petit homme totalement chauve et légèrement bedonnant l'accosta :

– Eva Miller, c'est bien ça ? Enchanté, je suis un ami de Frank Blist. C'est un de tes enseignants, je crois. Je m'appelle Patrick Folder, le président/orateur de la division londonienne du NMP.

– Oui, enchantée ! répondit Eva, heureuse de rencontrer un type qui avait l'air sympathique. J'ai lu un peu cette semaine sur vos doctrines et les principes que vous prônez. Vous êtes plutôt contre les politiques de Misashi, si j'ai bien compris ce que vous avez publié dans les actualités.

— Le gouverneur du Soleil représente tout ce que nous ne sommes pas : ce divisionnaire se voue au morcellement de la Terre. Nous sommes tout l'inverse ! Nous prônons l'unité globale : l'abolition des pôles !

— Mais c'est étrange, cette polarisation de la part du Soleil. Je ne peux pas comprendre que le pôle le plus riche en population craigne l'assimilation.

— Bonne déduction ! Mais ce n'est pas par peur d'assimilation que ses dirigeants sont devenus isolationnistes. C'est par vengeance historique, je crois. Misashi va probablement en parler.

— Cette conférence qu'on attend tous... Vous y serez ?

— Probablement, répondit Folder, les yeux brillants. Le NMP a reçu une invitation pour une dizaine de personnes, je devrais faire partie du lot. On va sûrement choisir les représentants de notre mouvement, à la prochaine réunion. D'ailleurs, si tu veux en savoir plus sur nos principes, tu pourrais assister à notre réunion. On est une cinquantaine de membres actifs, mais c'est très informel, tu verras !

— Avec joie !

— C'est entendu, on t'attend donc jeudi soir, dans deux semaines, à vingt heures, au salon de l'Implication ; c'est sur le campus même. Au plaisir !

Eva était ravie. Elle ne s'intéressait pas réellement aux principes que prônait le NMP, mais elle avait une tout autre curiosité. En effet, une hypothèse venait de germer dans son esprit : elle se demandait si elle ne verrait pas à cette réunion l'un des deux hommes dont elle avait surpris la conversation au poste de travail modulaire de la bibliothèque, trois semaines auparavant.

La boisson aux ananas achetée, elle retourna s'asseoir pour regarder la suite de la course vers Mars, d'un œil un peu distrait par l'idée soudaine qui venait de se former dans sa tête.

C'est près de dix-sept heures plus tard que trente milliards de Terriens virent l'Étoile d'Amérique gagner la course, encore une fois.

Semaine 8

Le regard. Simple, mais efficace. Combien de mots épargnés lorsque des yeux se croisent ?

C'est un regard timide qu'Eva adressa à ses parents quand elle et Shawn arrivèrent au premier souper depuis qu'ils se fréquentaient officiellement.

C'est un regard de fierté maternelle qu'Alicia Miller lança à sa fille en apprenant qu'elle allait probablement entreprendre des études supérieures.

Ce sont les regards amoureux d'un jeune couple encore tout feu tout flamme que Shawn et Eva échangèrent tout au long du souper.

C'est un regard sincèrement impressionné que Shawn glissait vers Alicia chaque fois qu'un plat exquis arrivait sur la table. Issu d'une famille relativement pauvre, il n'avait pas l'habitude des grands repas.

C'est un regard hautement méprisant que Jimmy Bald braqua sur sa fille lorsqu'il sut qu'elle projetait d'assister à la prochaine réunion du NMP.

— C'est vraiment par curiosité, papa. De toute façon, je n'ai pas l'intention de m'impliquer dans un mouvement.

   L'ère de l'Expansion

– Tu fréquentes qui tu veux, mais personnellement, je n'aime pas ces gens. Ce sont des extrémistes ! En tant que scientifique, je suis moi-même fervent de progrès et je lutte par mon travail contre la stagnation. Cependant, je le fais dans la légalité. Les membres du NMP tentent trop souvent de créer des mouvements de foule pour affirmer leurs valeurs. Ils font tous les styles de propagande contre les partis politiques plus traditionalistes.

– Je comprends, papa, mais je ne veux pas entrer dans leur mouvement, je veux juste assister à leur réunion pour voir leur fonctionnement !

– Bon, coupa Alicia, en devinant que cette conversation n'allait mener nulle part, j'apporte les fromages !

– Un plateau de fromages ! s'exclama Shawn, après tout ce repas !

– Oui, c'est une vieille tradition de certaines régions de l'Union transeuropéenne.

Et on ne parla plus jamais du NMP à cette table.

Semaine 9

Patrick Folder était toujours nerveux avant les réunions. Il se savait du genre à passer du coq à l'âne dans ses propos, sans respecter le sujet du débat. Conscient qu'un président de réunion devait faire respecter l'ordre du jour sans s'éparpiller, il avait l'habitude de les faire simples, pour pallier ce défaut majeur.

Celui d'aujourd'hui ne faisait pas exception à la règle. La réunion durerait quarante-cinq minutes.

1. Mot de bienvenue et présentation de
   Mme Miller

2. Lecture et adoption de l'ordre du jour

3. Choix des représentants pour la conférence
   de Misashi

4. Avancement des dossiers électoraux

5. Varia

6. Clôture de la réunion

Sous les projecteurs une fois de plus, Eva avait détesté se faire présenter. En fait, elle commençait carrément à regretter d'être venue : ni l'un ni l'autre des deux hommes qu'elle avait surpris n'était présent. Évidemment. Elle se sentait idiote, car même si elle trouvait elle-même son hypothèse ridicule, une infime partie de son esprit continuait de croire qu'elle avait une chance de démasquer un complot mondial.

L'ordre du jour fut adopté à l'unanimité.

— Comme vous le savez tous, commença Folder avec son enthousiasme habituel, Sunaï Misashi prononcera une conférence sur les Explorateurs, ici même, dans moins d'un mois. Ce sera le moment idéal pour lui exprimer nos réticences. Grâce à mes relations privilégiées au sein du corps professoral, nous avons obtenu dix entrées. Il va falloir décider qui y assistera.

— Je crois qu'on voudrait tous y aller, répliqua calmement une grande brune aux yeux en amande.

— En fait, c'est ce qui serait le mieux, observa un homme chauve d'une cinquantaine d'années qui portait une redingote datant clairement d'une autre époque. Si on arrive de façon massive, on pourra plus facilement se faire entendre. N'y a-t-il pas moyen d'acheter les invitations à d'autres invités plus ou moins intéressés ?

— Hélas non, reprit Folder, il est clairement écrit sur les invitations qu'elles ne peuvent être cédées… C'est pour des raisons de sécurité du gouverneur, j'imagine.

— Oui, mais ils ne demanderont probablement pas de s'identifier, dit un homme au regard malicieux, coiffé d'un haut-de-forme. Si on réussit à obtenir des invitations…

— Non, non, non, s'opposa Folder sans respecter le concept de droit de parole : pas de tactique illégale, on se le fait déjà assez reprocher. De toute façon, je ne crois pas que quiconque veuille céder son invitation.

— On envoie les dix meilleurs orateurs, reprit l'homme à la redingote. D'abord, que notre message soit clair.

— S'agit-il de places réservées ou les gens s'assoient-ils où ils veulent ? demanda une jeune femme aux cheveux bouclés.

— De places réservées, répondit Folder, devinant l'idée qui allait surgir.

— Y aurait-il possibilité que nos dix places soient éparpillées dans la salle ? s'enquit la jeune femme. L'effet de masse est beaucoup plus facile à créer si l'esprit réfractaire ne semble pas venir d'un secteur bien précis.

— Je pense pouvoir arranger ça, supposa Folder, qui lui donnait ainsi raison.

Eva Miller n'eut pas besoin d'en entendre davantage pour se faire son idée : tous les membres du NMP étaient avides de conflits, et utilisaient – comme son père l'en avait prévenue – les meilleurs moyens pour se faire entendre clairement. Cependant, elle estima que ce que l'on disait à leur sujet était faux. Ce n'étaient pas des extrémistes.

Ils n'iraient donc pas jusqu'à souhaiter la mort du gouverneur.

Elle conclut aussi que ce genre de réunion l'ennuyait à mourir.

<h3 style="text-align:center">Semaine 10</h3>

L'édifice Francesco, situé en banlieue de Rome, avait été élu la plus belle œuvre d'art architectural de tous les temps. D'un style emprunté à l'artisan de la Sagrada Familia de Barcelone, Antoni Gaudi, l'ensemble avait été conçu et construit en huit ans. S'élevant sur plus de soixante étages, il se caractérisait par sa complexité. Plusieurs tours et des sections entières semblaient léviter dans les airs. Le tout n'était terminé que depuis à peine trois mois.

Mais ce n'est pour aucune de ces raisons que Frank Blist en avait planifié la visite. Le Francesco était en fait le plus grand musée d'histoire spatiale au monde et s'inscrivait parfaitement dans le curriculum. Cependant, en faire le tour demandait trois jours et Blist avait dû libérer tous ses étudiants de leurs autres cours pour la semaine. Il était lui-même étonné d'avoir réussi à en convaincre le département. Sa propre réputation le surprenait encore !

Le premier jour avait été consacré à la section de l'ère « préaccessibilité à l'espace » : exposition portant sur l'ensemble des réalisations antérieures à 2110, année de la découverte de la cybervitesse. Conférence sur les anciennes technologies, sur l'histoire des centres d'études spatiales et sur les premières expériences en orbite. Le deuxième jour s'était passé au musée des Jeux spatiolympiques et des courses entre la Terre et Mars. Il comprenait un passage obligé dans la salle où était racontée l'histoire de Francesco et une présentation multi-sensorielle sur l'évolution vers la cybervitesse. Dès l'entrée, Eva se demanda si Blist vivait une certaine émotion du fait de visiter l'édifice construit en l'honneur de l'homme qu'il avait vu mourir pendant sa course. Si c'était le cas, il agissait avec une grande rigueur professionnelle et n'en laissait rien paraître.

Ils en étaient au troisième jour et voyaient une exposition sur les techniques d'observation de l'espace. La conférence du directeur de l'édifice venait de commencer.

— Et donc, le volume de la Voie lactée, notre galaxie, est d'environ sept trillions d'années-lumière cubes. L'Univers observable, car je n'ose pas parler d'Univers entier, contient plus d'un milliard de galaxies. Comme vous le savez, la plus proche de la nôtre est Andromède, située à 2,5 millions d'années-lumière.

— Il y a combien d'étoiles par galaxie ? demanda Eva, sans être persuadée que c'était le genre de conférence où l'on pouvait poser des questions au fur et à mesure.

— Quelques centaines de milliards, répondit le directeur, sans être offusqué même si on l'avait interrompu. J'ajouterai qu'il en est de même pour toutes, à l'exception des galaxies naines, qui ne comptent que quelques dizaines de millions d'étoiles. Le plus phénoménal, avec la découverte de l'Explorateur, c'est qu'on quitte une époque d'observation de cet Univers, pour entrer dans une ère de voyage et peut-être même, éventuelle-ment, de colonisation. Évidemment, le secret d'État entretenu par le Soleil sur tous les détails techniques relatifs au fonctionnement des Explorateurs ralentit beaucoup le progrès. C'est pour cela que l'Union transeuropéenne et l'Étoile d'Amérique se sont unies pour faire pression sur le gouvernement du Soleil.

— Quel genre de pression ? demanda Eva, trop intéressée par le sujet pour s'inquiéter de l'attention qu'elle attirait sur elle encore une fois.

— Tous les genres : embargo économique, pression sociale, barrières douanières, etc. Tout sauf, bien sûr, le retour à l'époque barbare de la pression militaire. Ça, c'est ma grande certitude : plus jamais il n'y aura de conflit armé entre les États ! Mais il est vrai que certains sont plus radicaux que d'autres. Pour prendre un exemple de notre pôle, il y a, à Londres même, un groupe de fascistes anti-Soleil que l'on nomme les Martyrs de l'Éclipse. Vous connaissez ?

L'ensemble des étudiants fit signe que non, mais le directeur de l'édifice se rendit compte qu'il était carrément en train de s'éloigner du sujet de la conférence et il ne continua pas dans cette voie. De toute façon, les Martyrs de l'Éclipse n'intéressaient clairement pas son auditoire.

À l'exception d'une jeune femme de vingt-deux ans nommée Eva Miller.

Semaine 11

Peter Taylor était assis derrière un colossal bureau de marbre légèrement verdâtre. Dans la trentaine, Taylor avait toutes les qualités requises pour les relations publiques. Bel homme de nature, son charisme allait bien au-delà de l'apparence phy-

     L'ère de l'Expansion

sique. C'était un excellent communicateur, mais il était surtout doué pour éluder les questions indésirables, sans que l'interlocuteur ne s'en aperçoive. Son regard charmeur et son sourire permanent avaient fait de lui un diplomate de première classe. C'était pour ses qualités oratoires qu'il était rapidement devenu la seule personnalité connue des Martyrs de l'Éclipse. Cette organisation à la limite de la légalité, qui s'affichait comme extrêmement xénophobe, aurait probablement été confrontée à une résistance plus forte de la part du public si Taylor n'avait pas organisé ses conférences de presse rassurantes.

Il entendit des pas dans l'escalier adjacent à son bureau. Il savait qui était son invitée, mais elle avait un bon quart d'heure d'avance. La jeune femme aux longs cheveux fit son entrée et Taylor se présenta avec son sourire habituel.

— Enchantée, Eva Miller, étudiante en sciences sociales à l'Université de Londres, dit-elle.

— Assoyez-vous, madame Miller, reprit le diplomate. Si j'ai bien compris, vous faites un travail de session sur les Martyrs de l'Éclipse. Je peux vous demander la raison de ce choix ?

— Bien sûr, dit Eva, qui avait bien planifié l'histoire entourant ce prétexte. On doit étudier une organisation dont les valeurs fondamentales portent sur des enjeux sociaux. La plupart ont choisi des groupes traditionalistes, qui défendent la culture ancestrale d'un peuple distinct. Je me suis dit qu'il serait plus original et, à la limite, plus provocant, d'aborder la thématique d'un groupe anti-Soleil, sans vouloir vous offenser...

— Ha! Ha! Ha! Il n'y a aucune offense, reprit Taylor, il serait difficile de prétendre le contraire, alors que nous le proclamons haut et fort!

— C'est bien ce que j'avais cru comprendre, enchaîna l'étudiante, contente de voir son interlocuteur aussi réceptif. C'est probablement la question à laquelle vous avez répondu le plus souvent, mais pourquoi cette haine – si vous permettez le terme – envers les habitants du Soleil?

— C'est effectivement une question qui revient souvent – eh oui, je te permets le terme – et il n'y a pas de réponse rapide. Tout d'abord, il faut établir une bonne distinction : nous n'avons rien contre ce peuple, mais plutôt contre son gouvernement. Depuis maintenant quarante ans, le Soleil élit un gouvernement d'extrême gauche aux politiques totalitaires. Nous croyons que la dictature de Misashi est inacceptable pour le monde entier autant que pour son propre pôle.

— Pourtant, reprit Eva, qui constatait que son hôte commençait à parler avec une sincère passion, ce sont les habitants du Soleil qui élisent démocratiquement leur gouvernement, non?

— Ah oui? Tu crois? C'est bien, la naïveté. On n'a pas de preuve formelle de ce que l'on avance, mais ce n'est pas ce que pensent les Martyrs de l'Éclipse.

— Donc, le gouvernement de Misashi doit tomber, c'est la seule solution. Il n'y a pas de réforme possible.

— Effectivement, continua Taylor en tendant à son invitée un dossier d'une vingtaine de pages. Voici un document qui résume les motifs qui ont poussé notre groupe à se former et à grandir d'année en année. Tu comprendras mieux nos dogmes et leurs fondements.

— Merci, répondit Eva, consciente que ce n'était probablement qu'un ouvrage de propagande.

Il y eut un court silence, suffisant pour convaincre Eva de tenter le tout pour le tout.

— Donc la plus belle chose que vous pourriez souhaiter serait la mort de Misashi ?

— Effectivement ! affirma Taylor avec une surprenante franchise, aucun gouvernement qui lui succéderait ne pourrait être aussi radical que lui.

— Faites-vous des réunions ? Est-ce que je pourrais rencontrer les autres membres des Martyrs de l'Éclipse ?

— Hélas non, ce n'est pas tout le monde qui, comme moi, s'affiche publiquement. Nous sommes des puristes et certains pensent que leur affiliation à notre mouvement pourrait nuire à leur image. Il y a donc rarement des réunions générales et on n'y convie personne d'autre que les gens concernés.

— Ce n'est pas grave, c'était par simple curiosité. Cela fait le tour de mes questions, conclut Eva. Je crois qu'avec ce document, je pourrai faire un bon travail de session.

Après une seconde poignée de main, Eva redescendit le long escalier en spirale qui l'avait menée au bureau de Taylor. Elle avait été un peu déboussolée par sa réponse – beaucoup trop franche – sur la mort de Misashi. Un mouvement qui aurait prévu son assassinat n'aurait pas, logiquement, affirmé qu'il serait heureux de le voir mort. Encore une fois, elle se sentit légèrement ridicule. Elle n'avait pas pu résister au désir de mener sa petite enquête, sachant qu'un groupe anti-Soleil se trouvait à

Londres. « Étudiante en sciences sociales. » Hé !
Hé ! Elle se trouvait vraiment ridicule.

Elle passa voir Frank Blist pour vérifier un
dernier détail. Il la rassura bien vite : les Martyrs
de l'Éclipse n'avaient pas reçu d'invitation à la
conférence.

— C'est très bien que tu t'inquiètes pour la sécurité du gouverneur, Eva, mais ne t'en fais pas, tu
n'as rien à craindre, il est très bien protégé ! ajouta
Blist, sur un ton presque moqueur.

Cependant, dans un autre coin de la ville, un
diplomate derrière un bureau de marbre verdâtre
trouvait louche qu'on soit venu justement lui poser
des questions sur l'intérêt qu'il portait à la mort de
Misashi.

Semaine 12

On connaît tous le principe pseudo-scientifique
suivant lequel le cerveau possède deux hémisphères aux fonctions distinctes. D'une part, l'hémisphère gauche, le centre de la logique, de la
rigueur et de la raison. D'autre part, l'hémisphère
droit, le cœur des émotions, de l'imagination et
des passions. Eva Miller ne croyait pas à ce mythe.
Cependant, si elle y avait cru, elle aurait dit que
son propre cerveau, ces jours-ci, oscillait entre les
deux hémisphères.

En effet, le gauche passait vingt-quatre heures
à la convaincre que son appréhension était sans
fondement : le présumé assassinat du gouverneur
était une histoire sans queue ni tête et elle devait
plutôt se concentrer sur sa fin de session. Puis, le
droit passait les vingt-quatre heures subséquentes

à s'imaginer qu'à la conférence de la semaine suivante, elle allait assister à un coup d'État.

En ce vendredi 3 décembre 2224, l'hémisphère gauche régnait.

Avant de partir pour un week-end tranquille dans la famille de Shawn, Eva alla remettre quelques documents à Greg Philips, son directeur de thèse éventuel.

— Voici donc les demandes de bourse ainsi que mon dernier relevé.

— Ouais, pas fameuses ces notes, murmura Philips.

Eva avait déjà pris l'habitude de ne plus répliquer à ce genre de commentaire. Elle le laissa poursuivre :

— Ça va être quelque chose, hein, la semaine prochaine ! proclama Philips, en équilibre sur les deux pattes arrière de sa chaise.

— La conférence ? vérifia Eva.

— Non, les nouveaux menus à la cafétéria, répondit Philips avec ironie. Mais oui, la conférence ! Il va y avoir un coup d'État, tu vas voir !

— Un coup d'État ? reprit Eva, en se demandant si elle avait le droit de l'interroger ou si c'était une évidence.

— Oh que oui ! confirma Philips. Londres n'est pas la seule ville où Misashi prononcera sa conférence : il compte faire une tournée mondiale. Pour que le gouverneur d'un pôle prenne la peine de se déplacer en personne, il faut une déclaration d'importance capitale.

L'hémisphère droit du cerveau d'Eva tenta de faire irruption dans les vingt-quatre heures réservées à l'hémisphère gauche, mais elle était devenue habile en blocages cérébraux, surtout en présence de son directeur pressenti.

– La preuve, poursuivit Philips, le contenu de son discours à venir n'est disponible nulle part. Seul Frank Blist est au courant de ce qui sera annoncé et il reste muet.

C'en était trop pour le cerveau d'Eva : le côté droit réussit à s'imposer et serait désormais difficile à déloger.

– Mais n'est-ce pas lui qui a invité Misashi à venir donner cette conférence dans son cours ?

– Pas du tout ! infirma Philips, c'est le gouverneur qui a communiqué avec Frank. Ils avaient gardé le contact depuis leur rencontre, il y a seize ans, lors de la course. Misashi a demandé à Frank s'il pouvait se servir de son cours comme prétexte à son exposé.

– Et donc vous avez peur qu'un incident se produise ? questionna Eva. Vous craignez l'attitude réactionnaire des Londoniens, une provocation de Misashi ? Le croyez-vous en danger ?

– Ha ! Ha ! Tu t'inquiètes pour la sécurité du gouverneur ! s'esclaffa sincèrement Philips. Ne t'en fais pas, tu n'as rien à craindre, il est très bien protégé !

Son argument était beaucoup trop pareil à celui de Blist pour rassurer Eva. C'était comme si on ne voulait même pas considérer la possibilité d'une tentative de meurtre.

Semaine 13

Un hologramme représentant l'auditorium en trois dimensions ornait une grande table au centre du hall d'accueil. Il suffisait d'apposer son invitation sur une plaquette rectangulaire pour que le siège assigné s'illumine. De plus, on avait posé un cadre numérique sur le mur à côté de l'hologramme, où la liste d'invités était inscrite. Eva et Shawn scrutaient cette liste en attendant de pénétrer dans la salle de conférence.

— Regarde, observa Shawn, il y a trois places réservées au Centre londonien de recherches spatiales. Ton père y sera ?

— C'est étrange, je n'étais pas du tout au courant. Quoique... Logiquement, le CLRS devait avoir des invitations, puisqu'il a reçu les étudiants de l'université. Je connais à peu près tout le monde au Centre, je reconnaîtrai probablement ceux qui seront présents.

Ils pénétrèrent dans l'enceinte pouvant accueillir jusqu'à deux mille cinq cents personnes. La salle débordait de gens, tous des connaissances de Blist. Ce dernier était par ailleurs totalement invisible en ce jour : il était à coup sûr dans l'antichambre avec le gouverneur Misashi, pour s'assurer que tout était à sa convenance.

*　*　*

— J'aurais aimé que vous changiez d'idée.

— En acceptant de me recevoir, vous saviez très bien ce qui allait être annoncé, répondit calmement Misashi en révisant une dernière fois son discours.

— Oui, je le savais, confirma Blist en soupirant. Je n'ai révélé à personne le contenu de votre conférence, parce que vous me l'aviez demandé, mais aussi dans l'espoir que vous reveniez sur votre décision. Hélas, je vois bien que les dés sont jetés. J'imagine que vous avez bien conscience que cette annonce sera filmée et qu'elle sera reléguée à la Terre entière, en quelques secondes. Vous comptez quand même entreprendre votre tournée mondiale et répéter partout les mêmes faits ?

— Absolument, affirma Misashi avec la même sérénité que depuis son arrivée. Certains m'accuseront probablement d'arrogance, de vouloir narguer les autres pôles. Mais je t'assure sincèrement que ce n'est pas le cas. Je considère plus respectueux de venir présenter les faits en personne. Je veux que les gens comprennent bien ce qui a mené à cela et je répondrai aux questions, face à face. Les peuples feront peut-être moins d'erreurs dans le futur. C'est pour ça que je veux aujourd'hui m'adresser à la jeunesse, pour qu'ils s'en souviennent longtemps.

— Je comprends, poursuivit Blist, s'ils ont un futur. Vous me décevez immensément. Préparez-vous, ça va commencer dans quelques minutes.

*   *   *

Il n'y eut qu'une légère modification à l'éclairage ambiant, mais tous se turent, sachant que cette baisse annonçait l'arrivée imminente du gouverneur. C'est dans un silence feutré que Misashi s'avança lentement vers son auditoire. Chacun de ses mouvements était réfléchi et servait à soutenir son discours anticipé. On pouvait déceler dans ses yeux saisissants toute la sagesse qu'il avait acquise en soixante-dix ans de vie. Il mit de longues secondes à examiner son auditoire avant de prendre la parole :

— Ce n'est pas un pur hasard si je compte parcourir les universités de par le monde. Mon but premier est de m'adresser à la jeunesse. Vous êtes l'avenir de votre peuple. Mon gouvernement a toujours misé sur la jeunesse et le Soleil lui doit les grandes réussites dont je viens vous parler aujourd'hui. Évidemment, partout où je ferai ce discours, je m'attends à ce qu'il n'intéresse pas que les étudiants. La preuve : à main levée, combien d'entre vous étudiez présentement à l'Université de Londres ?

Environ quatre cents jeunes levèrent la main en silence.

— Vous voyez, reprit Misashi, plus des trois quarts d'entre vous n'êtes pas des étudiants, mais probablement des professionnels ou de simples curieux. Je vois vos regards frénétiques, je vous sens avides et je plonge à l'instant dans le vif du sujet. Comme vous le savez, l'Explorateur I relie la Terre à Mars depuis plus de quinze ans. Cependant, Mars n'a été qu'un test, une station d'étude et de villégiature.

— Un lieu de villégiature pour votre peuple uniquement, lança une grande brune aux yeux en amande faisant partie du Nouveau Mouvement Progressiste.

— Il n'y aura jamais de société complètement installée sur Mars, continua Misashi, comme s'il n'avait pas été interrompu. La Terre a des limites physiques et sa population grandissante n'aura bientôt d'autre choix que de trouver de nouvelles planètes habitables. Pour répondre à la très pertinente intervention de la jolie dame probablement ici aujourd'hui dans le but de me provoquer, je dois parler du traité de Tokyo.

« Pour que les plus jeunes d'entre vous saisissiez bien la suite de mon discours, laissez-moi vous rappeler l'essence de la situation qui a engendré la création de mon propre gouvernement, il y a de cela cinquante ans. Le problème de surpopulation était déjà d'actualité lorsque l'Étoile, l'Union et l'Alliance eurent la brillante idée du traité de Tokyo – quelle ironie d'ailleurs qu'il ait été signé sur le territoire du Soleil !

« Officiellement, selon ce que les trois gouvernements qui l'ont rédigé ont déclaré à l'époque, il s'agissait d'un traité préventif qui permettrait une plus grande liberté d'action à chaque pôle. Mais ce n'était que désinformation et propagande ! La vérité derrière ce document est tout autre. Évidemment, pour permettre à chacun de gérer sa démographie sans conséquence sur les autres, il fallait mettre fin à l'immigration entre les pôles. C'était la vraie raison d'être du traité de Tokyo : comme le Soleil comptait déjà plus du tiers de la population terrestre, les trois autres pôles magouillèrent cette entente dans le but d'empêcher un déferlement de ses habitants vers leurs territoires. »

– Vous n'aviez qu'à ne pas signer si vous vous sentiez lésé, lança l'homme chauve du NMP qui portait une redingote datant d'une autre époque.

– C'est la réplique classique ! J'étais présent lors de la signature du traité. J'avais vingt ans et je me souviens très bien de l'ambiance qui régnait dans la salle et des paroles qui s'y sont dites. Toutes les interventions constituaient des menaces déguisées d'embargo politique et économique. Je vous assure que notre gouverneur de l'époque n'avait pas le choix de signer !

« Le problème mondial de surpopulation est donc retombé sur les épaules du Soleil. Nous avons dû mettre tout en œuvre pour lutter contre l'auto-asphyxie de notre nation. Les moyens nécessaires ont été pris : contrôle des naissances, construction d'immenses habitations et surtout, et c'est là où je veux en venir, investissement massif dans les courses à l'espace et dans un projet secret nommé *Explorateur I*. Vous connaissez tous les avantages liés à notre invention, dont la principale est, sans contredit, la possibilité d'explorer d'autres systèmes solaires.

« Les limites territoriales ont été imposées par les autres pôles, dans le traité de Tokyo. À notre tour, maintenant, de nous doter d'une plus grande liberté d'action. C'est pourquoi, seuls les habitants du Soleil pourront s'installer sur les planètes habitables qui seront découvertes. »

— Au fond, vous êtes en quête de vengeance, lança l'homme du NMP coiffé d'un haut-de-forme.

— Le terme exact est un juste renversement des choses, répondit le gouverneur, devant une audience qui commençait à s'échauffer. En passant, car j'imagine que vous êtes avec madame aux yeux en amande et peut-être même monsieur à la redingote, je vous félicite : l'idée de vous asseoir à des endroits différents dans la salle était astucieuse. Mais revenons à l'objet de ma visite : je suppose que vous saisissez bien maintenant que voyager au moyen des Explorateurs ne sera jamais à votre portée.

— Et à quand le premier voyage vers un autre système solaire ? demanda Greg Philips.

— Eh bien, reprit lentement Sunaï Misashi en mettant l'accent sur chacun des mots qu'il prononçait, je vous annonce que l'*Explorateur XII* est en route vers Proxima du Centaure, l'étoile la plus proche de la nôtre, depuis dix ans cette année.

Une vague de stupéfaction envahit progressivement la salle. Eva Miller se retourna pour voir les bouches entrouvertes et les visages ébahis. Celui d'Eva prit – à une vitesse près de la cybervitesse – une expression terrifiée. Elle venait de s'apercevoir que l'une des trois places pourtant réservées à l'équipe du Centre londonien de recherches spatiales était occupée par l'homme dont elle avait saisi un bout de conversation à la bibliothèque, en début de session. Elle était persuadée que les deux autres n'appartenaient pas non plus à l'équipe de son père.

L'incompréhension totale put se lire sur les traits de Shawn lorsqu'Eva se leva et quitta la salle au pas de course. Eva crut avoir enfin identifié l'homme qui avait monopolisé le côté droit de son cerveau dans les dernières semaines. Afin de le confirmer, elle traversa les couloirs de l'université pour se retrouver devant un ordinateur de recherche. Elle entra au clavier les mots-clés suivants : course + Mars + 2208. Apparurent à l'écran les noms, les descriptifs et les portraits de tous les pilotes qui avaient participé à la course entre la Terre et Mars cette année-là. Frank Blist était le premier affiché, mais Eva ne s'en préoccupait pas. Elle venait d'identifier Charles Mirondin.

Eva repartit aussi vite qu'elle était arrivée. Elle devait prévenir Blist. Une hypothèse plutôt claire se formait dans son esprit, en courant dans les corridors. Mirondin – dont le nom ne figurait pas sur la liste d'invités – avait dû voler les invitations pour s'infiltrer dans la salle de conférence et tenter d'assassiner Misashi.

Mais elle n'eut pas le temps de trouver l'antichambre d'où Blist assistait à la conférence. En traversant le hall d'accueil, elle entendit des coups de feu et comprit qu'il était trop tard.

Semaine 14

Eva Miller soupait en silence avec sa mère.

Elle avait tenté de tout comprendre de l'incident qu'elle aurait pu faire avorter, si elle avait dénoncé Mirondin dès le premier jour.

Une partie de son hypothèse s'était avérée. Blist n'était pas du tout au courant de la présence de Mirondin dans la salle et ce dernier était bien là pour assassiner le gouverneur du Soleil, au moyen d'un archaïque revolver de poche. Humilié depuis la course présidée par Misashi, il était devenu un membre actif des Martyrs de l'Éclipse. Croyant pouvoir tirer sur le gouverneur et avoir une chance de s'enfuir, lui et deux autres Martyrs avaient accepté une forte somme d'argent pour ce meurtre. C'était, bien sûr, le cœur même de l'organisation qui payait, mais cela, personne ne réussirait à le prouver.

Cependant, Eva était dans l'erreur sur deux points. Tout d'abord, Blist et Philips savaient de quoi ils parlaient lorsque, à tour de rôle, ils lui avaient dit de ne pas s'en faire. Mirondin s'était d'ailleurs lui aussi trompé sur la sécurité. Lorsque les trois Martyrs se mirent à tirer sur Misashi, les plus attentifs décelèrent le champ magnétique qui séparait le gouverneur de l'auditoire et qu'aucune arme connue ne pouvait pénétrer. Les balles ne furent pas repoussées, mais ralenties par le champ et tombèrent ainsi au sol. Personne ne fut blessé, Misashi fut indemne. Constatant leur échec, les trois Martyrs tentèrent de fuir par l'issue de secours localisée préalablement, mais les troupes de Misashi eurent tôt fait de les rattraper. Ce n'était pas du tout un événement isolé : pendant toute sa tournée mondiale, Misashi avait été ciblé par le même genre d'attaque. Mirondin n'était qu'un nom sur une longue liste de fanatiques ayant tenté un coup d'État.

Eva Miller se trompait également sur un second point. L'une des premières questions posées aux Martyrs fut la façon dont ils s'étaient procuré leurs invitations. Jimmy Bald les leur avait vendues pour une très forte somme d'argent. Bald fut incarcéré le jour même. Eva savait que son père avait effectivement de grands problèmes financiers. Cependant, l'étudiante ne pouvait concevoir qu'il puisse être complice d'un assassinat. D'après elle, il n'avait eu aucune idée des types à qui il avait cédé les invitations. Probablement. Eva aurait bien aimé avoir cette confirmation avant que son père ne soit mis en détention.

Le procès qui allait suivre fournirait les réponses manquantes.

Semaine d'évaluation

Eva Miller s'humecta les lèvres de son café brûlant à la vanille, en lisant la question de l'examen final, comptant pour quatre-vingts pour cent de sa note de session.

> *Quelle sera, ultimement, la conséquence de la création des Explorateurs sur l'avenir de l'humanité ?*

Voici un extrait de sa copie :

   L'ère de l'Expansion

Tout d'abord, examinons la vitesse à laquelle peuvent voyager les vaisseaux spatiaux – la cybervitesse – correspondant au quart de celle de la lumière et à la limite absolue. De nombreuses études le prouvent (voir références 1 à 4 en annexe).

D'autre part, établissons que pour coloniser un autre système solaire, il faudrait pouvoir franchir la distance minimum de 4,3 années-lumière, nous séparant de Proxima du Centaure (voir référence 5), le système solaire le plus près du nôtre.

Même à vitesse maximale, un vaisseau terrien prendrait quatre-vingts ans pour aller à Proxima du Centaure et en revenir. Sans compter le temps pour explorer ce système solaire et sans pépin technique. De plus, rien ne prouve que ce système solaire comporte une planète habitable.

Comme aucun être humain ne peut entreprendre ce genre de voyage, la découverte de mondes habitables n'est possible que par l'utilisation des téléporteurs créés par le Soleil. En effet, ces Explorateurs comportent divers avantages (voir références 6 et 7) et notamment la possibilité de voyages stellaires.

Pour des raisons historiques liées au traité de Tokyo (2175), le gouvernement du Soleil ne révélera probablement jamais le secret de cette technologie.

Il y a donc deux possibilités envisageables. Soit un autre pôle réussira à découvrir le principe de la téléportation, soit personne à l'extérieur des territoires du Soleil n'y parviendra jamais.

Selon moi, la première option est réfutable. Notre visite au Centre londonien de recherches spatiales nous a prouvé qu'il n'y avait plus aucun effort déployé en ce sens. La carence mondiale dans ce domaine est palpable : ni recherches en cours ni embryons de recherches. De plus, les tentatives d'assassinat comme celle qui s'est produite à notre université démontrent le découragement général. L'emploi d'une méthode aussi barbare atteste d'un abandon de l'espoir que les scientifiques de l'Union, de l'Étoile ou de l'Alliance trouvent eux-mêmes le secret de la téléportation.

À mon avis, la seconde option représente la réalité : seul le Soleil d'Orient pourra découvrir d'autres planètes habitables et s'y installer. Son peuple finira par déserter la Terre pour rejoindre d'autres planètes. Il est à espérer que les territoires présentement occupés par le Soleil d'Orient seront accessibles aux trois pôles contraints de rester sur Terre. La conséquence ultime de la création des Explorateurs sur l'avenir de l'humanité est donc que, à plus ou moins longue échéance, les Terriens bénéficieront d'un sursis mais, qu'inévitablement, la population de la galaxie ne sera composée que d'Asiatiques.

EXTRAIT D'UN LIVRET HISTORIQUE DE LÉA FLAMAND

UNE PLANÈTE HABITABLE

Trois facteurs principaux doivent être considérés pour déterminer si la vie peut exister sur une planète : sa composition, sa masse et la distance qui la sépare de son étoile.

Tout d'abord, la composition même de la planète doit permettre à la vie de naître et de prospérer. Sur Terre, nous pouvons observer les cycles de l'eau, de l'oxygène et du carbone, dont l'abondance est propice à la vie telle que nous la connaissons. Ces éléments, dans des proportions suffisantes, entrent nécessairement dans la structure d'une planète habitable.

Ensuite, la masse de la planète est d'importance capitale. En effet, sur une planète trop légère, la gravité ne serait pas suffisante pour maintenir à sa surface les éléments nécessaires au développement de la vie. À l'inverse, une planète trop massive retiendrait des éléments indésirables en plus des éléments requis. C'est d'ailleurs le cas de certaines planètes de notre propre système solaire, comme Jupiter, qui a une atmosphère trop riche en gaz légers, comme l'hélium et l'hydrogène.

Enfin, la distance qui sépare la planète de son étoile est un paramètre tout aussi important. D'une part, cette distance définit la quantité de rayonnement – et donc d'énergie – qui est apportée à la planète par son étoile. Il s'agit, en fait, de la seule source ultime d'énergie fournie à un système. Toute la suite n'est qu'un transfert, par exemple, d'un niveau trophique à l'autre. D'autre part, cette distance définit la température à la surface de la planète et donc la possibilité d'avoir de l'eau à l'état liquide. En effet, pour que la vie se développe, l'eau ne doit pas seulement être présente, elle doit aussi être liquide. La température doit donc se trouver dans une plage située entre 0 °C et 100 °C.

L'équipe du *Grand Sept*, dirigée par Ashihei Suganuma, devait valider très exactement ces conditions, pour savoir s'il y avait une planète habitable autour de Proxima du Centaure.

III
L'enquête de Baiko Mori
Année 2253

Le populaire magazine *Époque* publiait tous les ans le palmarès des dix personnalités qui avaient le plus marqué l'année écoulée. En ce 1er janvier 2253, pour fêter ses cinquante ans d'existence, *Époque* sortait une édition spéciale sur les dix personnalités les plus remarquables du vingt-troisième siècle. Les rédacteurs espéraient que cette année deviendrait le théâtre d'un important pivot pour l'humanité : la découverte d'une planète habitable. En dixième position sur cette liste impressionnante venait Ashihei Suganuma. Capitaine du *Grand Sept*, vaisseau spatial du Soleil d'Orient.

Quarante ans.

Suganuma feuilletait attentivement le journal de bord électronique qu'il avait lui-même rédigé au cours de cette période. Il avait eu la chance d'être engagé à bord du *Grand Sept* à l'âge de vingt ans. Sa rigueur d'entraînement et sa discipline avaient compensé sa jeunesse et fait de lui un membre de l'équipage en route vers Proxima du Centaure. Depuis, il y avait eu un grand roulement du personnel au point qu'il était maintenant le seul représentant de l'équipe initiale. Plus il approchait de la soixantaine, plus il était méticuleux et soucieux du détail. Ces traits de personnalité avaient fait de lui un être réputé dur et froid, ce qui n'était pas tout à fait faux.

Il feuilletait donc son journal de bord à la recherche d'information sur le voyant lumineux qui le tracassait depuis plusieurs heures. Suganuma savait pertinemment qu'il n'y trouverait rien de concluant. Il tentait simplement de s'occuper pour oublier que l'homme qu'il attendait avait déjà cinq minutes de retard.

Cinq minutes.

Comment peut-on être en retard dans un vaisseau spatial ? Heureusement, avant que la sixième minute ne s'écoule, Baiko Mori fit son entrée dans son bureau.

— Capitaine, commença Mori, en lui tendant la main.

— Bonjour Mori, poursuivit Suganuma sans tenir compte de l'haleine de Baileys qui lui monta au nez. J'ai fait appel à toi parce que tu es le principal chimiste à bord. Suis-moi, l'objet de notre rencontre est dans la salle de commande des moteurs auxiliaires.

Les deux hommes aux traits asiatiques se rendirent dans la partie arrière du vaisseau, où était la pièce en question. À leur entrée, l'ensemble des pilotes saluèrent le capitaine, mais ce dernier se dirigea vers un endroit précis.

— Tu connais un peu ce tableau d'affichage ? demanda Suganuma au chimiste.

— Vaguement, répondit Mori, c'est un tableau de sécurité de niveau 3. On s'en préoccupe rarement, il me semble. D'ailleurs, pourquoi y a-t-il un voyant allumé ?

— C'est précisément le sujet de notre entretien ! continua Suganuma, en sortant un immense volume d'un tiroir ancré dans le mur. D'après le guide, tous ces témoins sont reliés à des analyseurs qui prennent des mesures aux quinze minutes – température, pression et concentration de certains gaz. Lorsque les valeurs limites sont atteintes, le voyant correspondant s'allume pour signaler le danger.

— Et celui-ci correspond à quel indicateur ? demanda le chimiste, qui ne voyait toujours pas son rôle dans cet entretien.

— Le guide renvoie à un manuel qui ne se trouve nulle part, reprit le capitaine, ni en version papier, ni en version électronique. C'est à la fois étonnant et effrayant ! Cependant, on peut être absolument certain que le voyant n'est relié ni à un analyseur de température ni à un analyseur de pression, car on a installé un nouveau système global dans le vaisseau il y a cinq ans. Si un de ces deux indicateurs avait atteint une valeur limite, peu importe où dans le *Grand Sept*, il y aurait eu une alarme au tableau central.

— Le témoin est donc relié à un indicateur de concentration, conclut Mori qui commençait à comprendre son rôle. Et on peut savoir où est prise la mesure dans le vaisseau ?

— Dans les moteurs auxiliaires, dont on se sert très rarement, pour des manœuvres particulières. Mais le plus étrange, c'est que le voyant n'est allumé que depuis ce matin, comme si on venait d'injecter un gaz dans les moteurs auxiliaires. Bon, j'ai une confiance absolue en tous les membres de l'équipage, mais j'ai quand même passé en revue ce qui a été enregistré par les caméras de sécurité depuis quelques jours. Comme je le pensais, personne ne s'est approché de ces moteurs. Donc, il n'y a aucune façon de comprendre comment un gaz aurait pu arriver dans cette partie reculée du vaisseau.

— Et j'imagine que vous voulez que je prenne un échantillon d'air dans les moteurs pour l'analyser au laboratoire du vaisseau, tenta de conclure Mori, qui venait de se rappeler qu'il n'avait pas eu le temps de terminer son Baileys et que les glaçons devaient être en train de diluer terriblement son verre.

— C'est déjà fait, les analyses ont été obtenues il y a quelques heures, aucun gaz particulier n'a été détecté. La question reste donc entière : pourquoi ce voyant est-il allumé, si personne n'a injecté quoi que ce soit dans les moteurs et si aucun gaz particulier ne s'y trouve ?

— Le voyant est probablement défectueux, c'est la seule hypothèse à mon avis, ou disons la plus probable.

— Donc ce n'est pas la seule ? demanda Suganuma, qui voulait faire dire sa propre conclusion à son interlocuteur.

— Il y a toujours des chances que ce soit un gaz qui requiert des mesures de détection exhaustives. Le laboratoire du vaisseau n'est pas équipé pour analyser tous les constituants connus.

— Voilà ! reprit le capitaine, tu vas donc aller au laboratoire central de Tokyo, faire toutes les analyses possibles sur l'échantillon qui a été prélevé.

— Quitter le vaisseau ! s'exclama Mori qui n'en avait aucune envie. Comme je le disais, le voyant est sans doute tout simplement défectueux...

— Nous atteindrons le système solaire de Proxima du Centaure d'ici quelques jours, au bout d'un voyage de quarante ans, le fruit de toute ma vie. Aucune question de sécurité ne sera prise à la légère, c'est bien clair ?

L'intensité du regard de Suganuma ne laissait à Mori aucune possibilité de réplique. L'air maussade, il regagna son bureau. Depuis son arrivée dans le *Grand Sept*, trois ans auparavant, il n'était jamais retourné sur Terre et maintenant, à quelques jours de l'arrivée dans le nouveau système solaire, il était obligé de quitter le vaisseau. Tout l'équipage deviendrait célèbre s'il y avait une planète habitable dans Proxima du Centaure, Mori le savait très bien. Passer à l'Histoire était la raison principale de son engagement dans la mission *Expansion I*. Il se jura de revenir à bord le plus vite possible : il n'allait pas perdre sa place pour un voyant défectueux !

Il jeta dans l'évier son verre de Baileys beaucoup trop dilué et se servit un whisky à l'érable. Il s'assumait pleinement en tant qu'alcoolique fonctionnel : il avait toujours un petit verre dans le corps, mais jamais ses facultés n'étaient affaiblies au point de nuire à son rendement professionnel. Il avait dû se battre longtemps pour faire ses preuves, mais avait atteint un stade de notoriété tel que personne n'émettait de commentaire sur le petit bar qu'il avait dans son bureau.

Suganuma ne lui avait pas confié cette enquête uniquement pour ses talents de chimiste, mais surtout parce qu'il avait un instinct hors du commun. Alors que d'autres auraient trouvé une explication bidon pour clore rapidement le dossier, Mori sentait au fond de lui qu'une sombre menace planait sur le *Grand Sept*.

*　　*　　*

Selon le populaire magazine *Époque*, en neuvième position des personnalités ayant marqué le vingt-troisième siècle venait Kazue Soejima, la scientifique asiatique officiellement reconnue pour avoir inventé les Explorateurs. Ces téléporteurs avaient bien entendu été créés par une très large équipe de travail, mais seule Soejima, à l'âge de trente ans, avait su mettre les bons chiffres dans les bonnes équations. Aucun autre scientifique du Soleil n'avait osé revendiquer l'invention du premier Explorateur. Depuis, elle ne s'était pas contentée des revenus et du prestige liés à son invention, mais avait poursuivi ses recherches pour l'optimisation des Explorateurs. Maintenant âgée de soixante-seize ans, Soejima n'avait toujours pas cessé de travailler. Avec les centaines de scientifiques sous sa tutelle, elle avait créé l'une des plus grandes chaires de recherche spatiale.

Assise devant son bureau en polymère grisâtre, au cœur du laboratoire central de Tokyo, elle examinait avec Mori les résultats de l'analyse la plus exhaustive possible de l'échantillon de gaz provenant des moteurs auxiliaires du *Grand Sept*.

— Il y a effectivement un gaz de synthèse dans l'échantillon, débuta Soejima. Sa concentration est infime, mais il s'agit d'un gaz inconnu, qui n'a aucune raison de se trouver là.

— Il n'y était pas il y a quelques jours et personne ne l'y a injecté, comment est-ce possible ? demanda Mori, avide d'une explication rapide lui permettant de retourner à bord du vaisseau.

— Le gaz pourrait s'être autosynthétisé, réfléchit Soejima à haute voix. Un changement des conditions ambiantes aurait pu engendrer cette réaction.

– Parce qu'on sait que les conditions ambiantes changent beaucoup sur un vaisseau, dit Mori, ironiquement. Mais bon, peu importe comment le gaz s'est synthétisé, il faut surtout savoir si cette molécule présente un danger.

– À première vue, c'est un gaz plutôt inerte, répondit Soejima sur un ton de voix qui laissait présumer un « mais ».

– Excellent ! coupa Mori prêt à plier bagage, on va prendre un verre pour fêter ça ?

– Mais, reprit Soejima sans tenir compte de l'interruption, certains groupes fonctionnels de la molécule pourraient être de nature réactive. Et l'autosynthèse n'est peut-être pas arrivée à son dernier stade. Même si toutes les molécules détectées dans l'échantillon ont à peu près la même structure, elles peuvent continuer d'évoluer et développer un caractère réactif...

Les minutes de silence qui suivirent contenaient une série de pensées en rafales.

Mori songea que son retour sur le vaisseau n'allait pas être aussi rapide qu'il espérait.

Soejima comprit que la complexité de la molécule dépassait largement ses connaissances.

Mori se rendit compte que sa proposition d'aller prendre un verre était déplacée.

Soejima pensa qu'aucune chaire de recherche du Soleil d'Orient n'avait publié d'article sur ce genre de molécule.

Mori réalisa que les réflexions de Soejima étaient probablement plus approfondies que les siennes.

Soejima vit que Mori la fixait et elle décida de conclure rapidement :

– Il m'apparaît clair que vous ne pouvez pas simplement pomper ce gaz à l'extérieur du vaisseau. Il est peut-être dangereux, l'aspirer pourrait créer une réaction. Laissez-moi une heure pour retracer des publications ou des recherches à propos de ce type de molécule.

C'est donc en solitaire que Baiko Mori mit en application son projet de boire un petit verre dans un pub contigu au laboratoire. Seul au bar, sur un haut banc de chêne doré, il observait les gens alentour. En ce début d'après-midi, l'endroit était plutôt vide. À une table en retrait, un nouveau couple – ou peut-être même un futur couple – se dévorait des yeux. Plus près de l'entrée, deux groupes de jeunes – des étudiants entre deux cours – faisaient beaucoup de bruit, comme en compétition sonore. Les gens seuls, parfois avides de tranquillité, parfois en quête de rencontres, intéressaient Mori encore davantage. Plus jeune, il les dévisageait tristement, voyant la solitude en eux. Mais son avis sur les solitaires de bars était beaucoup plus mitigé depuis qu'il appréciait lui-même ce genre de sortie.

Mori se plaisait aussi à juger l'ambiance des pubs, en fonction de la qualité de l'éclairage et du type de mobilier. Combinée aux boissons offertes par l'établissement, l'atmosphère attirait un certain type de clients et générait la popularité de l'endroit. Son regard s'arrêta sur le calendrier en bambou accroché au mur qui lui faisait face. « Nous sommes le 2 octobre de l'an 2253 après Jésus-Christ. Quelle absurdité que notre calendrier soit basé sur une légende religieuse occidentale ! Non seulement la religion catholique n'a jamais été très populaire dans notre pôle, mais elle ne l'est plus nulle part sur Terre maintenant. Même l'Alliance du Sud a récemment été déclarée athée. Pourquoi avons-nous gardé cette année de référence ? Par tradition ? Pour des complications informatiques quant aux dossiers datés ? Dans tous les cas, une belle absurdité à notre époque », se dit-il en terminant son deuxième petit verre.

Mori regagna le laboratoire dans les délais convenus, avec une haleine de menthe fraîche produite par une micropastille – il en traînait toujours sur lui. Soejima l'attendait, l'air plus confiant qu'une heure auparavant.

– J'ai trouvé quelques articles sur des recherches inachevées au sujet de gaz qui pourraient s'autosynthétiser dans certaines conditions physiques particulières. Les deux principaux scientifiques engagés dans ces études proviennent de l'Étoile d'Amérique. J'ai réussi à retracer l'un d'eux. Elle est en semi-retraite, mais toujours très impliquée dans divers domaines chimicospatiaux. Son bureau est à Boston.

– Parfait, dit Mori, pensez-vous pouvoir trouver ses coordonnées ? Je vais communiquer avec elle par visioconférence et on aura peut-être des explications.

– J'ai déjà communiqué avec son secrétaire, coupa la scientifique.

– Efficace ! s'exclama Mori avec surprise, en regardant l'heure pour confirmer qu'il était bien resté moins d'une heure au pub.

– J'ai surtout beaucoup de relations, reprit Soejima, tout en acceptant le compliment. Mais son agenda est complet pour les trois prochaines semaines, alors on oublie la possibilité d'une visioconférence. Cependant, toujours grâce à mes liens privilégiés, j'ai réussi à savoir qu'elle sera à Barcelone demain soir, pour les funérailles d'un ami.

— Heu! D'accord, mais je ne vais pas aller à Barcelone! objecta Mori, avec la détermination de celui qui appréhendait de plus en plus son exclusion du *Grand Sept*. D'un, je n'ai ni le temps ni les moyens de m'y rendre et de deux, je ne vais pas me présenter à des funérailles auxquelles je ne suis pas invité!

— Un vol sans escale part pour Barcelone dans cinq heures et avec nos notoriétés combinées, vous obtiendrez sans problème les documents de transfert de pôle, répondit Soejima avec assurance. L'Union transeuropéenne a toujours été le moins sévère des pôles en ce qui concerne les formalités d'entrée pour des séjours de courte durée. Et, malgré le côté un peu morbide d'une rencontre à des funérailles, n'ayez aucune crainte pour l'invitation, ce sont des obsèques publiques. Disons que l'homme décédé est assez connu et que sa conjointe a décidé de faire durer les cérémonies deux semaines, pour que tous puissent lui rendre hommage.

— Ce n'est qu'un tout petit voyant lumineux, murmura Mori, déchiré entre sa déontologie de chimiste et son désir inébranlable d'être à bord du vaisseau dirigé par Suganuma lors de l'arrivée dans le système solaire de Proxima du Centaure. J'ai été engagé dans l'équipage pour être chimiste, pas enquêteur...

— J'ai pris la liberté de réserver votre place à bord de l'avion, je suis sûre que vous pouvez vous occuper d'appeler un taxi pour vous rendre à l'aéroport, conclut Soejima, en ouvrant un nouveau fichier sur son ordinateur pour signifier que son rôle était terminé.

– Et quel est le nom de la chercheuse que je dois rencontrer ? demanda Mori, résigné.

– Cecilia Bramis, mais ne la manquez pas, elle ne sera à Barcelone que quelques heures.

*   *   *

Selon le populaire magazine *Époque*, en huitième position des personnalités ayant marqué le vingt-troisième siècle venait Frank Blist. Réputé dans les quatre pôles pour ses talents d'orateur, Blist avait eu de nombreuses carrières, notamment celles de pilote et de professeur à l'Université de Londres. À l'âge de cinquante-quatre ans, il avait rencontré l'amour de sa vie, une belle Espagnole originaire de Ronda. Ils vécurent seize belles années ensemble, avant le décès de Blist, à soixante-dix ans, d'un cancer qu'il portait secrètement depuis plusieurs années. C'est à Barcelone qu'il était exposé, car il y avait passé les dernières années de sa vie bien remplie.

Baiko Mori connaissait Blist de réputation, mais il ne l'avait jamais rencontré. Avant de se rendre aux funérailles, il profita de quelques heures de liberté pour marcher sur la Grande Hypoténuse, immense boulevard touristique suspendu qui avait remplacé la Grande Diagonale des siècles précédents. En visitant un des nombreux cafés avoisinant la cathédrale toujours inachevée de Gaudi 1er, il lui sembla que quelques pierres avaient été ajoutées depuis son dernier séjour, vingt ans auparavant.

Bien installé sur une terrasse bondée de touristes, Mori faisait des recherches rapides sur

Cecilia Bramis, ses nombreuses courses et sa vie de millionnaire. Il apprit qu'elle avait d'abord été climatologue, mais il ne trouva rien sur une supposée carrière de chercheuse. Comment Soejima avait-elle eu des informations à ce sujet ? Elle disposait bien sûr de meilleures ressources que lui, mais le chimiste qu'il était aurait bien voulu trouver des indices pour comprendre le sujet des recherches en question. C'est en passant au travers d'un demi-pichet de sangria rosée que Mori se fit divers scénarios pour aborder Bramis aux funérailles, sans être trop déplacé, compte tenu du lieu de rencontre. Aucune de ses idées n'était vraiment bonne et il devrait plutôt improviser pour avoir un semblant d'entretien avec elle.

Mori regagna le quartier des affaires et arriva au salon funéraire quelques minutes après l'ouverture. Déjà, une centaine de personnes faisaient la file devant le corps de Blist, pour le voir une dernière fois. Plusieurs s'étaient passé le mot et déposaient dans son cercueil une balle de ping-pong. Tout en cheminant vers la tribune où reposait le héros et en tentant de repérer Bramis, qui ne semblait pas arrivée, Mori avait compris le concept et en avait déduit qui dans la salle comptait parmi les amis proches de Blist. D'ailleurs, l'homme qui précédait Mori dans la file, un Asiatique tout comme lui, tenait deux balles. Arrivé devant le corps de Blist, il les posa sur le corps inanimé. L'individu se tourna vers Mori, lui tendit la main et se présenta :

– Hora Kamaye. Je suis une connaissance de longue date de Frank. J'avais prévu déposer ces deux balles sur son entrejambe, mais je n'avais pas pensé que le cercueil serait fermé en bas de la taille. C'est dommage, il aurait bien ri de cette blague.

– Baiko Mori, répondit le chimiste, en doutant fortement qu'un être humain puisse trouver drôle une plaisanterie aussi déplacée.

Cependant, le nom de Kamaye sonnait une cloche à l'esprit de Mori.

– Et vous vous êtes connus comment ? demanda-t-il, en descendant les marches menant au cercueil.

– On a coursé ensemble il y a environ quarante-cinq ans ! Enfin, plutôt l'un contre l'autre. Mais un peu ensemble aussi ! Toute une histoire !

– Oui, oui, l'année du dévoilement d'*Explorateur I* sur Mars, répliqua Mori, heureux de saisir la perche qui s'offrait à lui. J'ai vu l'adaptation cinématographique que l'Étoile a produite de cet événement !

– Bof ! Mon rôle était plutôt mal joué, par un acteur pas tellement drôle, maugréa Kamaye.

– Bien sûr, fit Mori sans broncher, mais se rappelant que pendant plusieurs années après la sortie du film, les critiques utilisaient toujours l'expression « mauvaise comme une blague de crépuscule », pour décrire une tentative d'humour ratée.

– Mais bon, et tu es originaire de quelle région ? s'enquit Kamaye, pour changer rapidement de sujet.

– Tokyo, Soleil d'Orient. Je viens du quartier des condos sur mer, construit sur l'ancien marché de poissons, répondit rapidement Mori qui avait un autre sujet de conversation en tête. Tu connais donc bien tous les pilotes de l'époque ?

– Pas tous, mais la plupart, je les connais de vue. Tiens, là-bas, c'est Michael Fritz, répliqua Kamaye en pointant un individu dans la soixantaine qui discutait avec d'autres convives. Tu veux que je te le présente ? T'es un de nos fans ?

– Oui, oui, un grand admirateur, dit Mori, content de s'infiltrer avec autant d'aisance dans le groupe convoité.

– Veux-tu que je signe sur ta poitrine ? demanda Kamaye.

– Non, non, ça va, répondit Mori, en espérant sincèrement que c'était une blague ou, du moins, une tentative.

Si l'escalier pour atteindre Cécilia Bramis comportait cinq marches, Mori avait clairement mis le pied sur la première grâce à sa rencontre fortuite avec Kamaye. La deuxième fut sa rencontre avec Michael Fritz. Ancien compagnon de course de Bramis, il était à coup sûr la meilleure personne pour mener un inconnu en haut de l'escalier. Mori inséra facilement le nom de Bramis dans la conversation avec lui. Il ne fallut pas de grands efforts, car Fritz adorait raconter ses exploits de course. Cependant, l'arrivée sur cette troisième marche n'eut pas le résultat espéré : Mori apprit par Fritz que Bramis était passée rendre hommage à Blist plus tôt dans la journée, avant l'ouverture publique. Mori l'avait manquée… Atteindre la quatrième marche serait donc plus complexe : Mori devait trouver une autre façon de voir Bramis avant qu'elle ne quitte Barcelone. Toujours en portant le chapeau d'un grand admirateur des courses, il demanda à Fritz s'il y avait moyen de voir son idole. D'une part, Fritz trouva dommage de ne pas lui-même être l'idole de Mori et, d'autre part, il jugea amusante l'audace de ce dernier.

– Cécilia Bramis a passé l'âge de rencontrer des fans. Vous pouvez toujours écrire à son secrétaire, pour lui témoigner votre admiration ; il vous répondra peut-être, du moins par une lettre générale à tous ses admirateurs. Justement, je soupe ce soir avec elle et une ancienne étudiante de Blist. Rappelez-moi votre nom et je pourrai le glisser dans la conversation, si j'y pense.

— Un souper-retrouvailles ! coupa Kamaye. J'embarque ! On va où ? Je connais un petit restaurant suspendu près du Palais des congrès.

— Désolé, Kamaye, on a déjà réservé pour trois dans un petit restaurant où la formule est de n'avoir que des tables à trois, inventa Fritz qui n'avait pas tellement envie d'accueillir Kamaye et ses blagues à la table ce soir.

La cinquième et dernière marche était clairement l'invitation au souper et Mori joua le tout pour le tout.

— En fait, je ne suis pas du tout un admirateur, avoua-t-il avec assurance. Je suis membre de l'équipage du *Grand Sept*, le vaisseau qui contient l'*Explorateur XII* et qui atteindra d'ici quelques jours le système solaire de Proxima du Centaure.

L'arrogance de Mori eut l'effet recherché : le silence complet. Même Kamaye garda pour lui les blagues de centaures, si nombreuses fussent-elles, qui lui venaient en tête.

— J'ai quitté hier le vaisseau pour trouver Cécilia Bramis d'urgence, reprit Mori, très conscient qu'il simplifiait un peu l'histoire.

— D'accord, réagit Fritz qui comprenait que son interlocuteur ne bluffait pas. Je vais réserver pour quatre personnes.

— Mais la formule du restaurant… lança Kamaye, quelques doutes en tête.

Fritz soupira et alla réserver pour cinq.

*   *   *

Selon le populaire magazine *Époque*, en septième position des personnalités ayant marqué le vingt-troisième siècle, venait Cécilia Bramis. L'une des plus grandes climatologues de sa génération, elle avait plafonné rapidement et changé de carrière plusieurs fois, mais sa notoriété restait attachée à la science du climat. Bramis avait participé à la plus médiatisée de toutes les courses, celle qui avait servi de prétexte au grand dévoilement d'*Explorateur I*. La somme de terras accumulée par la victoire lui avait permis une retraite des plus actives. Elle avait investi généreusement dans la recherche spatiale, dans la recherche sur le climat et dans divers organismes de bienfaisance, ce qui n'avait fait qu'accroître sa popularité. Après leur rencontre sur Mars, Blist et elle étaient devenus de très bons amis et se voyaient chaque année, malgré l'océan qui les séparait. Bramis avait été une des rares proches au courant de son cancer. La nouvelle de sa mort ne l'affectait pas outre mesure, puisqu'elle savait que ce dernier était un homme accompli, fier de sa vie. Elle était donc venue plutôt sereine à Barcelone lui rendre un dernier hommage.

C'était même dans une ambiance assez festive qu'elle soupait au Delicioso Plato, restaurant semi-privé au cœur de la septième Rambla. Ils étaient cinq à déguster leurs entrées en sirotant un vin rouge que Mori avait fortement recommandé. Elle avait choisi les gambas un peu au hasard, peu concentrée sur le choix de son plat. Son attention était plutôt portée sur Fritz, car elle ne l'avait pas revu souvent au fil des ans.

Michael Fritz dégustait goulûment les bâton-nets aux six fromages, la spécialité de l'endroit.

 L'ère de l'Expansion

Il n'avait pas non plus pris le temps de choisir et avait opté pour l'entrée la plus chère, fidèle à son habitude. Il avait meublé à peu près toute la conversation jusqu'à maintenant en ressassant des souvenirs de leurs aventures à bord du *Rotatif* et de sa façon de le manœuvrer.

Hora Kamaye avait arrêté son choix sur les escargots gratinés, le sourire aux lèvres. Personne n'arrivait à jauger s'il avait choisi ce plat en fonction de ses préférences gustatives ou d'une possibilité de blague liée au contenu de son assiette.

Eva Miller, qui avait rencontré Bramis par l'entremise de Blist, son ancien professeur, avait commandé en entrée un tartare de thon rouge. Elle connaissait la menace planant sur ce poisson et voulait s'en délecter, peut-être pour la dernière fois. Rares étaient les restaurants où on en trouvait encore.

Baiko Mori avait pris un feuilleté de courgettes au porto. Les marinades à base de porto étaient habituellement délicieuses avec toutes les sortes de courges. Il n'avait pas encore pris part à la conversation et, à son grand étonnement, Eva Miller fut la première à s'adresser à lui.

— Vous êtes dans l'équipage du *Grand Sept* depuis trois ans, c'est bien ça ? demanda-t-elle à Mori, qui confirma en hochant la tête. J'ignore si vous êtes impliqué politiquement dans la mission *Expansion I*, mais j'imagine que vous êtes au courant des politiques de Misashi, feu votre ancien gouverneur du Soleil.

— Le fait de réserver aux habitants du Soleil l'utilisation des Explorateurs ? demanda Mori, qui ne s'était jamais questionné sur la perception de cette politique plutôt xénophobe dans les autres pôles.

— Exactement. Je suis historienne de métier, mais c'est beaucoup plus à l'avenir de l'Homme que je m'intéresse.

— Tu devrais plutôt t'inquiéter de celui de la Femme, l'interrompit Kamaye en dévorant un escargot.

Était-ce une blague ? Personne ne le sut.

— Oui donc, reprit Eva, l'avenir de l'humanité, particulièrement en ce qui a trait à l'exploration de la Galaxie, est mon principal sujet d'étude et mon plus grand intérêt dans la vie. J'ai publié de nombreux articles et j'aimerais bien avoir l'avis d'un habitant du Soleil directement impliqué dans ces explorations.

— Je ne sais pas si mon opinion peut avoir une quelconque valeur ajoutée, répliqua Mori, mais ça me ferait plaisir de partager mon expérience avec vous.

— Êtes-vous à Barcelone pour quelques jours ? demanda Eva, qui n'avait pas prévu rencontrer un candidat d'interview à ce repas.

— Je repars demain en fait, mais on pourrait se voir en après-midi, mon avion pour Tokyo n'est qu'en soirée. Et vous, madame Bramis, n'aviez jamais été chercheuse avant votre retraite du sport ? continua Mori, en se tournant vers celle qu'il était venu voir à Barcelone.

— Et je ne le suis pas plus depuis ! s'esclaffa Bramis. Je suis réputée pour bien des choses, mais je suis loin d'avoir la patience d'une universitaire !

— Pourtant, une collègue m'a informé que vous êtes ou étiez l'une des personnes engagées dans certains travaux relatifs à cette molécule, répliqua Mori en sortant un écran tactile qui projeta un hologramme de la molécule en question.

— Si j'ai été impliquée, c'est seulement en tant que mécène, lui objecta Bramis. J'ai subventionné de nombreux centres de recherche spatiale, mais j'ai très rarement mis le nez dans un article scientifique ! Pouvez-vous mettre les détails de la molécule sur cette puce ?

Bramis tendit une micropuce à Mori qui la brancha dans le coin de l'écran tactile universel pour lui transférer toute l'information moléculaire. Pendant que Bramis rebranchait cette même puce dans l'ordinateur portable de son poignet droit, Mori commença à se dire qu'il n'aurait probablement pas beaucoup d'information ce soir. Il comprenait pourquoi il n'avait rien trouvé de scientifique à propos de Bramis ...

— Ah, O.K. ... murmura-t-elle en fronçant les sourcils. Ce sont les écrits de Carl Hodgkin, au centre privé de Chicago. Je ne pense pas que ses recherches aient abouti. En fait, j'ai dû couper son financement il y a une dizaine d'années. Carl Hodgkin était un cas particulier... C'était un excellent chercheur, brillant, dévoué, un modèle dans son domaine.

— Mais ? anticipa Mori, qui voulait que Bramis aille jusqu'au bout de sa pensée.

— Tout d'abord, c'était un ancien Martyr de l'Éclipse, dit Bramis à voix basse.

— Quoi ! intervint Eva, en se rappelant ses démêlés avec ce groupe extrémiste anti-Soleil et surtout anti-Misashi. Et vous financiez ses recherches ?

– Je ne l'ai su que bien plus tard, justifia Bramis. En fait, pour tout vous dire, ce n'est pas le pire. Hodgkin a aussi été impliqué dans l'attaque de 2243.

La stupéfaction et le malaise étaient palpables. Même Kamaye n'osa pas lancer une blague pour rompre le silence. Or il en avait une en tête. En fait, depuis cinq bonnes minutes, il attendait le bon moment pour dire : « Nos plats principaux arrivent », en pointant dans une direction, alors que ce n'était pas vrai. Malgré toute la subtilité de cette plaisanterie, le silence imposant l'en dissuada.

Carl Hodgkin était l'autre scientifique qu'avait nommé Soejima en parlant des recherches sur la molécule qui constituait le gaz de synthèse trouvé à bord du *Grand Sept*. Mori sentait qu'il touchait peut-être quelque chose de sérieux.

– Et où pourrais-je trouver ce Carl Hodgkin ? demanda-t-il, craignant de devoir poursuivre son périple jusqu'à Chicago.

– Nulle part hélas, répondit Bramis sur un ton posé. Hodgkin fait partie des nombreuses personnes qui ont été emprisonnées et jugées, en réponse à l'attaque des Martyrs de l'Éclipse contre les laboratoires du Soleil en 2243. Il a été condamné à mort par le Soleil.

– Et qu'est-il arrivé à son groupe de recherche à Chicago ? reprit Mori, sentant qu'il perdait toute piste.

– Hodgkin travaillait plutôt en solitaire, affirma Bramis, pensive. Sa très mince équipe a été dissoute et je n'ai plus du tout été impliquée dans les recherches de ce laboratoire. Je peux vous envoyer tous les dossiers pertinents, peut-être qu'un chimiste comme vous y trouvera quelque chose sur votre molécule.

— Ce serait très apprécié, répondit Mori, songeur lui aussi.

L'arrivée des plats principaux coupa court à la conversation.

Baiko Mori avait pris les cannellonis au vin blanc. La variété de la gastronomie était probablement le seul avantage d'avoir quitté le *Grand Sept*. En théorie, dans deux jours il devait être de retour à bord du vaisseau.

En théorie.

* * *

Selon le populaire magazine *Époque*, en sixième position des personnalités ayant marqué le vingt-troisième siècle venait Braden O'Leary. Irlandais de souche, il avait fondé les Tasty O'Leary. Qualifiés de première grande chaîne de *fastdrinks*, les Tasty O'Leary n'étaient pas du tout une fierté pour les Irlandais, mais ils remportaient un succès commercial international. Braden O'Leary avait su adapter les éléments clés des *fastfoods* : service rapide, commande au comptoir, possibilité d'emporter les boissons à la maison, service au volant, etc. Les bières étaient brassées selon des techniques accélérant la fermentation et le commun des mortels n'y voyait pas la différence. La popularité des O'Leary s'était répandue très vite dans l'Union, puis dans l'Étoile. Souvent imités, ils demeuraient les chefs de file dans le domaine des *fastdrinks*.

C'était dans un Tasty O'Leary que Baiko Mori s'était rendu après le souper pour attendre les

dossiers que Bramis devait lui acheminer en soirée.
Il avait commandé un 3-Funky-Tasty, une boisson
composée de trois alcools de densité différente,
qui ne se mélangeaient donc pas dans le long verre
en forme de flûte. Mori s'en délectait à tout coup,
même s'il était conscient du côté non artisanal de
cette boisson. Seul à une table basse dans un coin
peu éclairé du pub, il attendait ardemment l'envoi
des dossiers de Bramis. Aux deux minutes, il jetait
un œil à son ordinateur de poignet, même s'il savait
très bien qu'un signal sonore le préviendrait de la
réception d'un message.

Il s'occupait à son passe-temps de pub préféré :
observer et examiner les gens. L'endroit foisonnait
d'une population d'amateurs des plus diversifiée.
Les touristes s'y pressaient, tandis qu'une bonne
proportion de Barcelonais en préservait le caractère local. C'est en prenant une succulente gorgée
de sa boisson dont le goût passait tranquillement
du cidre à la bière, que Mori sentit à quel point il
aimait voyager et comparer les différentes cultures.
En fait, il aimait tout, des voyages. Ne s'était-il
pas engagé dans le plus intense des périples en
embarquant à bord du *Grand Sept* ? Lors de son
atterrissage à l'aéroport de Barcelone, en survolant
la mer, il s'était rappelé le genre de vue magnifique
qu'étalaient les paysages terrestres. Qu'allait pouvoir offrir comme paysage une nouvelle planète
habitable ?

De moins en moins d'habitants du Soleil
d'Orient pouvaient se permettre de voyager dans
les autres pôles. Les politiques isolationnistes de
Misashi les avaient confinés à un seul continent.
Alors que les trois autres pôles s'ouvraient entre eux,
le Soleil s'était tourné vers l'espace et avait fait de

nombreux jaloux. Mori se rappelait bien l'attaque, dix ans auparavant. Il était lui-même chimiste pour le laboratoire de Tokyo à cette époque et venait tout juste de postuler pour devenir membre de l'équipage qui naviguait vers Proxima du Centaure. Des agents des Martyrs de l'Éclipse avaient infiltré les principaux laboratoires de recherche spatiale du Soleil. Des charges avaient été placées près de tous les centres de mémoire des laboratoires. Les explosions simultanées avaient fait de nombreux morts et des centaines de blessés. Ironiquement, l'Explorateur du centre de Tokyo n'avait pas été touché. À peu près tous les Martyrs de l'Éclipse avaient été retrouvés et arrêtés. L'organisation fut dissoute et on n'entendit plus jamais parler d'elle.

C'était en 2243.

Mori pensait à ces horreurs quand la sonnerie de son poignet l'avertit d'un envoi de Bramis : « Voilà tout ce que j'ai dans mes dossiers au sujet des recherches de Carl Hodgkin. Ce n'est qu'une partie de ses notes, le reste a été confisqué par le Soleil lors de son arrestation. »

Joints au message, il y avait une trentaine d'articles, une cinquantaine de documents de référence, une vingtaine de chiffriers de calcul et de nombreux dossiers contenant des notes brutes de laboratoire. En prenant une grande gorgée de son breuvage maintenant d'un goût de bière noire assorti de subtils tons de caramel, qui allaient augmenter à chaque lampée, il lança l'analyse automatique. Il avait préalablement entré toutes les caractéristiques de la molécule à l'étude et n'avait qu'à attendre quelques minutes les résultats de l'analyse.

La recherche automatisée mena rapidement Mori vers un dossier nommé phase 3. Le chimiste passa près d'une heure, assis dans le pub, à en décortiquer le contenu ainsi que celui des fichiers mis en référence. L'information était claire, concise et bien classée. Manifestement, Hodgkin avait été un homme structuré qui voulait probablement assurer la pérennité de ses recherches. Si Mori comprenait bien, la molécule à l'étude pouvait effectivement s'autosynthétiser à partir d'un gaz précurseur qu'Hodgkin appelait phase 1. Dans certaines conditions physiques, que Mori n'arrivait pas à déterminer pour l'instant, les molécules du gaz évolueraient en trois étapes réactionnelles subséquentes, soit les phases 2 à 4. La molécule trouvée dans les réacteurs du *Grand Sept* et analysée par Soejima correspondait à la phase 3. La phase 4 n'était pas décrite dans les dossiers envoyés par Bramis.

Mori n'était pas tellement avancé. Il ne savait ni vers quoi ni dans quelles conditions la molécule pouvait évoluer. Autre chose étrange : comment le gaz précurseur avait-il pu se retrouver dans les réacteurs secondaires du *Grand Sept*? Une belle palette de questions auxquelles Mori n'était pas formé pour répondre. Cependant, son analyse avait une valeur : les groupes fonctionnels actifs du gaz pouvaient être neutralisés. En d'autres mots, il était possible de créer un contre-gaz qui allait rendre la molécule totalement inerte. Sans être un expert en structure moléculaire, Mori savait que, s'il remettait ces informations à Soejima, elle pourrait synthétiser le contre-gaz. Et voilà, le tour était joué, en trois étapes faciles : il revenait à Tokyo demain par un vol de nuit, remettait l'information à Soejima qui s'occupait de la suite et regagnait le vaisseau au moyen de l'Explorateur, juste à temps pour l'entrée dans le système solaire de Proxima du Centaure.

Baiko Mori se contenta d'un grand verre d'eau ce soir-là, avant de se coucher.

*   *   *

Selon le populaire magazine *Époque*, en cinquième position des personnalités ayant marqué le vingt-troisième siècle, venait Eva Miller. (À partir d'ici, les pages du magazine avaient une bordure dorée, pour souligner l'importance du top cinq.) Historienne et philosophe, cette Londonienne de naissance avait laissé son empreinte sur la littérature contemporaine par ses écrits sur l'avenir de l'humanité. Ses publications couvraient des sujets allant de l'exploration spatiale aux politiques terrestres, tant isolationnistes que d'ouverture des frontières. Elle avait rédigé de nombreux articles scientifiques et exploré les corrélations établies par tous les genres d'érudits entre l'Histoire et l'actualité. Elle était aussi passée maître dans l'art des publications plus accessibles au grand public et connues sous le vocable de philo-pop. Eva Miller avait été la première à utiliser le terme *Expansion* pour désigner l'exploration inévitable de l'espace par l'Homme dans les années à venir.

Assise sur un banc de glaise et d'ivoire au sommet de la tour Güell, construite au siècle précédent par Gaudi 4, en plein cœur du parc du même nom, Eva observait la ville en pensant à sa famille. Shawn Brith, son époux et père de leurs cinq enfants, n'avait pas pu venir à Barcelone avec elle, car il avait un séminaire à Londres, le même week-end. L'homme qu'elle attendait arriva en haut de la tour par l'escalier ouest, un grand gobelet à la main. Ses paupières témoignaient d'une longue soirée de lecture, alors que son haleine prouvait que son verre ne contenait pas que du café.

— Désolé du petit retard, débuta Mori, clairement essoufflé d'avoir gravi tant de marches. Je ne me souvenais pas que la tour était si haute.

— Aucun problème, enchaîna Eva, qui avait bien aimé le moment de réflexion qu'elle avait pu s'offrir. Au contraire, je vous remercie d'être là, je sais que votre séjour à Barcelone est très bref. Et merci d'avoir accepté mon idée qu'on se rencontre ici. Aussi tôt dans la journée, il n'y a pas encore trop de touristes et l'endroit est plutôt calme.

— En fait, continua Mori qui reprenait tranquillement sa respiration, je suis assez content d'avoir eu une excuse pour me lever tôt et revoir le parc.

— Tant mieux, tant mieux, conclut Eva avant de plonger dans le vif du sujet. Donc, comme je vous le disais hier soir, j'écris présentement un article sur le découragement global qui nuit à l'avancée des trois pôles externes au Soleil et sur le fait que le voyage vers Proxima du Centaure est une plaque tournante de la situation mondiale actuelle. Personnellement, je suis une globaliste, mais je reste toujours politiquement neutre dans mes publications. D'ailleurs, toute cette conversation peut rester anonyme, si vous ne désirez pas être cité.

— En fait, j'aime plutôt ça avoir mon nom un peu partout, répondit Mori. Je dirais même que j'ai pris beaucoup de décisions dans ma vie dans l'espoir que mon nom soit encore sur toutes les lèvres, même après ma mort ! Être à bord du *Grand Sept* en fait partie.

— Parfait, je vous mettrai donc en référence, reprit Eva. À maintes reprises, dans mes articles, j'ai divisé en trois situations ce qui pouvait se passer, après le premier voyage interstellaire vers le système le plus près du nôtre. La première hypothèse serait que le *Grand Sept* ne se rende pas, à cause de problèmes techniques ou de situations plus graves.

— Des attentats, par exemple, devina Mori.

— Exactement. Le coup d'État des Martyrs de l'Éclipse de 2243 aurait pu être précurseur d'événements que personne ne souhaitait. Par chance, rien ne s'est produit et comme le *Grand Sept* arrive à destination dans les prochains jours, cette première hypothèse est moins plausible. La deuxième situation serait celle où le *Grand Sept* atteindrait Proxima du Centaure et où l'exploration du système solaire mènerait à la conclusion qu'aucune planète n'y est habitable.

— La situation la plus probable, renchérit Mori, attentif.

— Oui, confirma Eva, et celle dont les conséquences sont les plus faciles à prévoir. L'engouement et la détermination de ceux qui prennent part à la mission *Expansion I* sont tellement forts que le *Grand Sept* continuerait simplement sa course vers le système solaire suivant.

— Donc, la troisième situation, déduisit Mori, serait celle où on trouverait une planète habitable dans le système solaire de Proxima du Centaure.

— Voilà, poursuivit Eva avec autant d'enthousiasme que si elle exposait sa théorie pour la première fois. Cette hypothèse est le cœur de l'article que je suis en train de rédiger : que se passerait-il ensuite pour le Soleil ? Que se passerait-il pour les trois autres pôles ?

— J'avoue n'avoir jamais réfléchi à l'avenir des autres pôles, répondit timidement Mori.

— D'accord, coupa rapidement Eva. Commençons donc par l'avenir du Soleil, mais on reviendra aux autres après. Je ne veux pas l'avis d'un expert qui a réfléchi sur le sujet, mais d'un néophyte impliqué directement dans le projet. Donc, si vous découvrez une nouvelle planète habitable, qu'arrivera-t-il à l'intérieur des frontières du Soleil d'Orient ?

— Eh bien, j'imagine que la colonisation de cette planète débutera, lança doucement Mori. Il y a longtemps qu'il n'y a plus d'espace inoccupé à l'intérieur de nos frontières et les gens s'entassent dans des tours. Je ne crois rien vous apprendre en disant que notre gouvernement a toujours affirmé que les planètes habitables éventuellement découvertes serviraient au peuple et non seulement à des centres de recherche.

— En effet, c'est de notoriété publique, confirma Eva. Probablement une façon de justifier les grandes dépenses engendrées par ce voyage interstellaire. Mais le peuple, justement, va-t-il suivre ? Va-t-il vouloir aller s'installer sur une autre planète ? Va-t-il vouloir y aller massivement ?

— Absolument, reprit Mori, la grande majorité ne vit pas confortablement et le manque d'espace sur le territoire du Soleil en est le facteur principal. Oui, massivement le peuple voudra tenter l'expérience de la déportation volontaire. Peut-être même un peu trop massivement ; l'engouement risque d'être fulgurant, quand j'y pense.

— Intéressant, laissa échapper Eva.

— Le gouvernement devra, à cause de toutes ses promesses à tenir, amener sur la première planète habitable des gens de toutes les classes sociales, continua Mori en réfléchissant de plus en plus rapidement. Évidemment, les classes les plus pauvres adresseront le plus de demandes, car leurs collectivités voudront davantage changer de vie. Quoique la classe moyenne ait toujours marqué le plus grand enthousiasme envers ce projet de colonisation. Et la plupart des riches voudront aussi être les premiers à y installer leurs balises économiques. Comme le gouvernement voudra probablement que la nouvelle planète s'autosuffise dans tous les secteurs, il faudra des gens de toutes les sphères sociales.

— Et qui voudra rester sur terre ? demanda Eva, qui voulait depuis le début en arriver à cette question.

— Des traditionalistes, je présume, lança Mori à tout hasard.

— D'accord, conclut Eva après quelques secondes de silence. Donc, si je résume, lorsqu'une planète habitable sera découverte, à votre avis, la plupart des sphères de votre société manifesteront de l'intérêt pour aller la coloniser. Quelques traditionalistes voudront rester, mais l'attachement envers la planète mère sera de seconde importance. Maintenant, que se passera-t-il sur les trois autres pôles pendant que le Soleil mettra en œuvre le plus grand projet de colonisation depuis la conquête de l'Amérique ?

— Heu… ils seront jaloux, bredouilla Mori, très peu fier d'une réponse aussi simpliste. Peut-être qu'ils se remettront à la recherche et découvriront comment fabriquer un téléporteur.

– Très peu probable, dit Eva qui donnait son avis pour une rare fois. L'état de latence généralisée a atteint un stade irréversible. À moins qu'il n'y ait une faille dans le Soleil et que le secret des téléporteurs soit livré aux autres pôles, jamais les recherches ne reprendront. Ma question reste donc intacte : que se passera-t-il dans les trois autres pôles ?

Les deux érudits se regardèrent plusieurs minutes en silence. Mori n'avait pas d'hypothèse vraisemblable et Eva n'avait pas avantage à donner des pistes de réflexion. Elle voulait des idées brutes, naïves.

Mais les idées ne vinrent pas et ils se quittèrent sur cette question irrésolue.

Eva passa quelques heures encore à méditer au sommet de la tour Güell, qui se remplissait peu à peu de touristes qui se gavaient de l'imprenable vue qu'offrait cette construction moderne. Les pensées d'Eva se tournèrent à nouveau vers sa famille. Cependant, elle ne pensait plus à son époux, mais à son père qui sortirait de prison le week-end prochain. Sa participation au complot de Londres contre Misashi, vingt-neuf ans auparavant, avait conduit à l'y incarcérer.

*   *   *

Selon le populaire magazine *Époque*, en quatrième position des personnalités ayant marqué le vingt-troisième siècle, venait Casey Miles, le populaire chanteur indie pop. Officiellement le seul unilingue à avoir percé dans les quatre pôles actuels, il enchaînait les albums à succès depuis plus de quarante ans. Le juste milieu entre la fidélité à son style et le renouvellement constant lui avait valu l'admiration du public et des médias de tous les continents. Sa personnalité simple, dénuée d'arrogance, avait grandement contribué à sa popularité dès son tout jeune âge. Son premier *hit*, produit à l'âge de dix-sept ans, l'avait propulsé au sommet de tous les palmarès, contre toute attente de sa part. À près de soixante ans, Casey Miles ne sortait plus d'album et se contentait de quelques prestations par année, à des événements d'hyper envergure. Un nombre incalculable de jeunes chanteurs reprenait ses succès en les adaptant aux styles locaux, dans des versions allant de rétro-acoustique à uber-électro.

Dans le salon-bar de l'aéroport de Barcelone, un jeune Espagnol de vingt-deux ans s'agitait sur une petite scène de bois verni, en remixant les plus grands tubes de Miles. Les succès choisis étaient les plus tranquilles, car il était mandaté pour créer une ambiance de détente. Baiko Mori avait choisi cet endroit pour patienter avant son vol et il regardait le jeune chanteur en buvant la spécialité de l'endroit : quatre bières servies dans un verre à quatre compartiments. Chacune faisait appel à une papille en particulier : une blanche fruitée très sucrée, une blonde citronnée particulièrement acide, une India Pale Ale extrêmement amère et une rousse légèrement salée.

Le chimiste asiatique, plutôt ouvert aux boissons alcoolisées les plus audacieuses, devait s'avouer que cette combinaison n'était pas un grand succès, comme si on avait voulu faire un nouveau « concept » sans se soucier du goût. Au moins, le chanteur était divertissant. Mori était lui-même un très grand admirateur de Miles. Ce n'est qu'au repos de l'artiste qu'il put reprendre son petit jeu et observer les buveurs solitaires. Le jeu était moins plaisant qu'à l'habitude, car tout le monde était clairement là pour la même raison, attendre son avion.

Profitant d'une consommation gratuite, le jeune chanteur espagnol à la longue chevelure défraîchie vint commander au comptoir du bar. Mori n'était pas du type admirateur, mais il se permit tout de même quelques félicitations :

— Bon choix de registre, dit-il sincèrement.

— Merci, merci, répondit l'Espagnol, assez jeune pour apprécier les compliments. On s'entend qu'avec du Miles, on ne se trompe jamais.

— On s'entend, confirma Mori, pour ne pas mettre son interlocuteur mal à l'aise.

— Donovan, se présenta le jeune chanteur, pas du tout gêné de discuter. C'est fou parce que j'ai beau être auteur-compositeur, j'ai toujours plus de plaisir à jouer du Miles que mes propres compositions ! C'est sûr que l'énergie du public joue pour beaucoup aussi.

— J'imagine, répondit Mori qui, en fait, ne pouvait pas du tout se l'imaginer, n'ayant jamais lui-même vécu de la musique.

— Miles, c'est vraiment le plus grand de notre époque, pour ne pas dire de toutes les époques ! s'enflamma Donovan. J'ai tout lu sur lui. Depuis la Grande divulgation publique dont il a été le leader, j'ai dévoré tout ce qu'il a produit. Tu sais de quoi je parle ?

— Plus ou moins, bredouilla Mori. C'est le truc qui concerne les droits d'auteur...

— Oui, mais c'est beaucoup plus qu'une cessation volontaire de droits d'auteur ! nuança Donovan. La Grande divulgation publique, c'est la plus grande audace musicale de tous les temps ! Dix artistes musicaux se sont réunis sous la tutelle de Miles et ont offert au grand public tout ce qu'ils avaient produit ou étaient en train de produire. Ils ont réuni en un seul et immense dossier toutes les compositions, les photos, les vidéos et les parcelles inachevées, et les ont rendues publiques en se dissociant de tout droit sur elles.

— Ah ! laissa échapper Mori.

— Donc, oui, reprit de plus belle Donovan, ils ont renoncé à leurs droits d'auteur, mais aussi au droit de poursuivre les œuvres inachevées ! Un geste brillant ! Si on regarde juste les centaines de chansons à peine entamées que Miles a offertes au public, on peut compter des milliers d'œuvres menées à bien grâce à elles ! Et on en compte autant pour chacun des autres artistes. Moi-même, j'ai fait mes propres reprises que j'ai pu commercialiser. Et Miles est au cœur de toute cette démarche.

— C'est bien, lança mécaniquement Mori, pour combler un léger silence qui semblait attendre une réplique de sa part.

— J'ai tellement lu sur Miles, reprit Donovan sans s'essouffler : toutes les biographies à son sujet, mais aussi tous ses propres écrits sur ses façons de construire ses œuvres. En plus d'avoir du charisme comme personne, c'est un génie de la structure des mélodies. Il écrit et compose tout !

L'absence de réplique fit comprendre à Donovan qu'il ne s'agissait pas d'une conversation, mais bien d'un monologue. De toute façon, son verre était arrivé et il devait retourner sur scène.

— En tout cas, conclut-il rapidement, bien content de t'avoir parlé. Bonne fin de spectacle et bon vol !

– Merci, répondit Mori, se rendant compte qu'il avait complètement la tête ailleurs.

En fait, Mori n'avait pas suivi un seul mot depuis que Donovan avait dit : « Grande divulgation publique ».

* * *

Selon le populaire magazine *Époque*, en troisième position des personnalités ayant marqué le vingt-troisième siècle, venait Sunaï Misashi, le plus radical des gouverneurs que le Soleil d'Orient ait connus, mais aussi le plus rassembleur. Radical par ses inflexibles politiques isolationnistes, mais rassembleur par son pouvoir de propulser dans une direction commune l'opinion de toutes les sphères de la société du pôle le plus peuplé de la Terre. Sous son règne, les Explorateurs avaient été créés, testés et développés. Il avait été l'âme de l'organisation du grand dévoilement de ces téléporteurs sur Mars, à l'issue de la course mondialement diffusée. La longue série de conférences entreprise pour annoncer le voyage vers Proxima du Centaure l'avait rendu très impopulaire auprès des autres pôles, qui n'y voyaient qu'arrogance. Le nombre de tentatives d'assassinat durant cette tournée mondiale avait établi un record pour cette époque de paix. Misashi était décédé dix ans auparavant, lors de l'attaque des Martyrs de l'Éclipse contre les laboratoires du Soleil. Des explosifs placés dans ses bureaux l'avaient touché mortellement. Les cérémonies soulignant sa mort et ses accomplissements avaient duré trois mois. Dans toutes les villes du Soleil, on avait érigé des monuments et rebaptisé des édifices en son honneur.

　　　　　　　　　　　

À Tokyo même, le Temple de la Loi portait maintenant son nom. Cet immense gratte-ciel de cent trente étages rassemblait toutes les activités législatives du Soleil. Plus de trente mille employés travaillaient à temps plein dans cet édifice d'une superficie de quatre kilomètres carrés.

Dès son retour à Tokyo, Baiko Mori avait sauté dans une navette à trois rails vers le Temple de la Loi. Durant tout le vol, il avait mijoté une idée et voulait confirmer au plus vite la justesse de son instinct. Il traversait présentement au pas de course le plus long couloir pour rejoindre le secteur des archives criminelles. Il venait de passer une heure à remplir des formulaires pour avoir tous les laissez-passer nécessaires. La lenteur des procédures l'exaspérait. Arrivé à la grande porte d'acier menant au laboratoire informatique où se trouvaient les archives criminelles qu'il voulait consulter, Mori dut prendre une bonne demi-heure avec le gardien de section pour s'assurer de la validité de tous ses laissez-passer. Enfin, le gardien remit au chimiste les codes d'accès au secteur et à la période qu'il voulait examiner. Assis devant l'ordinateur à neuf écrans qui contenait tous les dossiers des criminels mis à mort entre 2240 et 2245, Mori inscrivit le nom de Carl Hodgkin.

Depuis que Donovan, le chanteur espagnol, avait prononcé l'expression « Grande divulgation », Mori s'était rappelé une loi internationale qu'il avait apprise à vingt ans, dans un cours optionnel de politique. Cette loi avait pour objectif de faciliter les procès inter pôles et obligeait tout organisme à fournir au pôle victime toute la documentation sur un individu ayant commis une agression. Carl Hodgkin ayant été à la tête d'une grave agression contre le Soleil et son gouverneur, il était facile de croire que toutes les informations sur lui avaient été rapatriées par le Soleil lors du long procès des Martyrs de l'Éclipse. Mori espérait bien trouver des informations complémentaires à ce que Cécilia Bramis lui avait déjà fourni sur les recherches de Hodgkin.

Il mit effectivement très vite la main sur un dossier à propos des Martyrs de l'Éclipse où Carl Hodgkin figurait en tête de liste, à titre de leader. Mori prit des heures à éplucher le fichier qui, inévitablement, renfermait toutes les informations relatives au mouvement extrémiste. Dans une section portant sur le calendrier de leurs activités, Mori trouva une chronologie d'événements des deux cent cinquante dernières années, dans laquelle quelqu'un avait inséré les grands moments des Martyrs de l'Éclipse, comme si leurs activités s'étaient inscrites directement dans l'Histoire :

2110 : Découverte de la cybervitesse – accessibilité à l'espace

2111 : Premiers pas sur Mars

2118 : Premiers Jeux spatiolympiques

2155 : Première course entre la Terre et Mars

2175 : Traité de Tokyo et fin de l'immigration entre les pôles

2207 : Création de l'*Explorateur I*

2208 : Dévoilement de l'*Explorateur I* sur Mars

2214 : Départ du *Grand Sept* vers Proxima du Centaure

2220 : Formation des Martyrs de l'Éclipse

2224 :   Tournée mondiale de conférences
         de Misashi

2225 :   Rassemblement mondial des Martyrs
         de l'Éclipse

2230 :   Carl Hodgkin devient leader
         des Martyrs de l'Éclipse

2240 :   Planification de la Diversion

2243 :   Attaque des laboratoires de Tokyo

2253 :   Arrivée estimée du *Grand Sept*
         dans Proxima du Centaure

Cette chronologie était intéressante aux yeux de Mori, mais un détail l'agaçait : la ligne Planification de la Diversion, en 2240, placée juste avant l'Attaque des laboratoires de Tokyo et l'Arrivée estimée au système de Proxima du Centaure. Il n'y avait peut-être pas de lien, mais Mori ne prit pas de risque et se servit du mot « Diversion » comme clé de recherche dans tous les dossiers.

Dans le réseau de documents sur Hodgkin, il remonta jusqu'à un dossier « Diversion ».

Grâce à lui, il remonta jusqu'à un dossier sur l'attaque des laboratoires de Tokyo.

De là, il remonta jusqu'à un dossier qui concernait le *Grand Sept*.

Dans ce dernier dossier, il trouva un schéma de la molécule de gaz à l'origine de sa propre épopée.

Tout s'imbriquait.

La décélération.

Il fallait entrer en contact avec l'équipage du *Grand Sept* au plus vite ou l'arrivée dans Proxima du Centaure signifiait leur mort.

* * *

Selon le populaire magazine *Époque*, en deuxième position des personnalités ayant marqué le vingt-troisième siècle, venait Carl Hodgkin, le leader des Martyrs de l'Éclipse, la plus grande organisation criminelle du siècle. Il avait été non seulement riche et influent, mais il avait été soutenu par une large banque de financiers qui partageaient ses convictions. Se considérant lui-même comme l'antagoniste du gouverneur Misashi, Carl Hodgkin avait passé sa vie à lutter contre lui. À l'âge de vingt ans, il avait participé à l'une des tentatives d'assassinat de Misashi, celle de Washington, lors de la tournée mondiale de conférences. La tentative avait échoué, comme toutes les autres, mais il ne s'était pas fait prendre.

Avant même d'être à la tête du mouvement de terroristes, il avait été le premier à proposer l'idée de faire exploser le *Grand Sept*, au rassemblement mondial des Martyrs de l'Éclipse. Il avait été mêlé à tous les coups d'État contre le Soleil, dont le dernier, la Diversion de Tokyo, durant laquelle il avait été capturé. Il ne s'était pas défendu, mais s'était proclamé la contrepartie de Misashi en plus de son meurtrier. Son procès n'avait pas tardé, sa mise à mort non plus. Martyr jusqu'à la fin.

Baiko Mori prenait finalement un verre avec Kazue Soejima. Ils étaient en train de feuilleter la biographie de Hodgkin, dans le pub adjacent au laboratoire central de Tokyo.

— Même dix ans après sa mort, il est encore capable de faire un attentat, débuta Soejima, pensive.

— Eh oui, on a bien failli y passer, renchérit Mori. Lorsqu'on s'est rencontrés il y a quelques jours, vous m'avez parlé d'autosynthèse, mais je ne voyais vraiment pas de danger réel. Et ce n'était pas par insouciance.

— Vous ne croyiez pas qu'un gaz puisse s'autosynthétiser ? demanda Soejima, en sirotant le cidre de glace qu'elle avait commandé.

— Ce n'est pas ça, corrigea Mori, je comprenais le principe d'autosynthèse. En fait, je commettais deux erreurs de raisonnement. Premièrement, vous aviez dit que, par le biais d'un changement des conditions ambiantes, il était possible que le gaz se soit autosynthétisé. Un vaisseau spatial est probablement l'endroit où les conditions physiques sont les plus stables. Il n'y a jamais la moindre variation de pression ou de température ni d'intrant ou d'extrant au vaisseau, alors je ne voyais pas comment le gaz pouvait être affecté.

— Sauf lors de l'accélération et de la décélération du vaisseau, compléta Soejima.

— Exactement, reprit Mori. L'effet d'inertie engendre une légère compression, suffisante pour faire évoluer cette molécule hypersensible d'une phase à l'autre. Tout cela, je l'ai compris grâce aux documents de recherche de Hodgkin, trouvés dans le Temple de la Loi. C'est au début du processus de décélération, il y a quelques jours à peine, que la molécule en question a évolué de la phase 1, la phase initiale, vers la phase 2. Son évolution vers la phase 3, qui commençait à contenir des groupements fonctionnels très réactifs, a été détectée par les analyseurs en continu du vaisseau.

— Le petit voyant lumineux, précisa Soejima.

— Voilà, poursuivit Mori, et plus la décélération allait s'accentuer, plus vite la molécule allait évoluer vers la phase 4, extrêmement explosive, qui aurait causé la destruction du vaisseau, dès la mise en marche des réacteurs auxiliaires utilisés pour atterrir sur une autre planète. Le coup de Carl Hodgkin aurait été parfait : au moment le plus glorieux, ultra médiatisé, tout aurait explosé et le Soleil aurait été mis en déroute devant la Terre entière.

— Le dernier et ultime coup des Martyrs de l'Éclipse, compléta Soejima.

— Conformément à l'une des trois possibilités évoquées par Eva Miller dans ses articles, reprit Mori, c'est-à-dire que le *Grand Sept* n'atteigne pas Proxima du Centaure, à cause de problèmes techniques ou de situations plus graves, comme un attentat.

« Ma première erreur a donc été de ne pas avoir pensé à l'effet physique de la décélération. Ma seconde, de considérer comme impossible l'injection dans le vaisseau du gaz précurseur, qu'on connaît maintenant comme la phase 1. Ashihei Suganuma, mon capitaine, m'avait bien précisé qu'il avait passé en revue ce qui avait été enregistré par les caméras de sécurité depuis plusieurs jours. Personne ne s'était approché des moteurs où le gaz a été trouvé. De plus, même si je l'ignorais alors, le gaz n'aurait pas pu être mis autour des moteurs avant le décollage, car l'accélération aurait eu le même effet d'inertie et le gaz aurait déjà atteint sa phase 4.

« La seule possibilité était donc que le gaz ait été injecté depuis que le vaisseau naviguait à vitesse constante, mais pas dans les derniers jours. Donc quand ? Et par qui ? C'est là que le mot « Diversion », trouvé dans la chronologie d'événements modifiée par les Martyrs de l'Éclipse, m'a accroché.

Je ne savais pas pourquoi, mais j'étais persuadé qu'il y avait un lien.

« Le plus urgent sur le coup était de prévenir le vaisseau afin qu'on stoppe sa décélération. J'ai donc mis ce mystère de côté pour quelques heures, le temps de prévenir Suganuma. C'est en revenant ici même, au laboratoire central de Tokyo, où se trouvent l'un des Explorateurs et tous les enregistrements le concernant, que je pus trouver confirmation de mon hypothèse.

« Toutes les téléportations par les Explorateurs sont rigoureusement enregistrées et documentées, sans être pour autant contrevérifiées ensuite, à moins d'une raison valable. Je suis donc allé fouiller dans les enregistrements datant d'il y a dix ans. Effectivement, un aller-retour vers le vaisseau s'est produit lors de l'attaque des Martyrs et n'a pas été recensé. Les systèmes de surveillance ayant été endommagés – volontairement – par les explosions, rien ne permettait d'identifier la personne qui était passée dans le vaisseau et revenue ce jour-là. Mais ce qui est sûr, c'est que quelqu'un a pénétré dans le *Grand Sept*, peut-être Carl Hodgkin lui-même ! »

Mori s'appuya contre son confortable dossier en simili liège, essoufflé par sa longue tirade explicative. Soejima connaissait déjà l'histoire qu'il venait de lui relater, mais elle l'avait gentiment laissé parler, car elle savait qu'il s'exerçait en fait à structurer ses idées, pour être plus fluide lors de ses entrevues avec la presse, qui allaient débuter dans quelques minutes.

Adorant avoir son nom et son visage un peu partout, Mori allait être servi dans les prochaines semaines où allaient se succéder des rencontres avec les médias de tout genre. Ce n'est qu'un mois plus tard qu'il pourrait regagner le *Grand Sept*. Le contre-gaz serait fabriqué par l'équipe de Soejima en quelques mois. D'ici là, le *Grand Sept* allait garder sa vitesse constante dans l'espace.

* * *

Selon le populaire magazine *Époque*, en première position des personnalités ayant marqué le vingt-troisième siècle, venait Baiko Mori, simple chimiste. Illustre inconnu avant les événements entourant l'arrivée du *Grand Sept* dans Proxima du Centaure, son nom avait fait rapidement le tour de la Terre, puisqu'il avait déjoué les Martyrs de l'Éclipse en éventant leur plan. Malgré l'invention des Explorateurs réalisée par Kazue Soejima et le premier voyage interstellaire accompli par Ashihei Suganuma, on considérait que la découverte de la première planète habitable – car il y avait une planète habitable dans Proxima du Centaure – revenait à Baiko Mori. Son nom fut donné à la planète dont la révélation constitua un tournant pour l'humanité, le plus important depuis l'abandon global des religions. Cette année zéro de l'ère de l'Expansion vit commencer la colonisation massive de Mori. Le premier chancelier de cette planète fut d'ailleurs Baiko Mori qui, grâce à sa grande popularité, put facilement faire le saut en politique. Un chimiste qui avait eu peur de ne pas passer à l'Histoire – et qui avait maintenant une planète à son nom – se retrouvait au sommet de la liste établie par ce magazine.

Les ventes de cette édition du magazine *Époque* atteignirent un sommet sans précédent.

EXTRAIT D'UN LIVRET HISTORIQUE DE LÉA FLAMAND

L'ANNÉE ZÉRO

Tour à tour, les divinités avaient été abandonnées par l'humanité. C'est d'abord l'Union transeuropéenne qui devint officiellement athée ; suivirent rapidement l'Étoile d'Amérique et le Soleil d'Orient. Lorsque l'Alliance du Sud délaissa à son tour sa religion principale, l'islam, on considéra que la Terre entière était devenue athée. S'ils n'avaient pas carrément été détruits, les grands monuments de jadis servaient maintenant au tourisme ou avaient été transformés en restaurants ou en discothèques, par exemple. Un calendrier basé sur la naissance d'un dieu était donc désuet. En revanche, la découverte de la première planète habitable, nommée Mori, fut considérée comme la plus grande plaque tournante de l'histoire humaine. Pour marquer ce passage, on appela 2253 l'année zéro de l'ère de l'Expansion.

Ce bond en avant favorisait le Soleil d'Orient, seul pôle à posséder des téléporteurs, et les autres n'acceptèrent le nouveau calendrier que pour se convaincre qu'ils faisaient eux aussi partie du projet de conquête de l'Univers. Même si à peu près tous les habitants du Soleil se montrèrent d'accord pour revendiquer l'usage exclusif de Mori, un petit groupe exigea que la téléportation soit à la portée de tous. Ces individus furent bien vite réprimés et étiquetés par le gouvernement du Soleil, qui leur refusa l'autorisation de se rendre sur la nouvelle planète. Certains d'entre eux parvinrent tout de même à passer. Leur objectif : former un Réseau de propagande qui convaincrait ultimement les personnes établies sur Mori d'ouvrir leurs frontières à tous les peuples. Le plus grand défi des Asiatiques qui habitaient la Terre, mais qui voulaient se joindre au Réseau, était d'aller sur Mori sans être identifiés aux douanes.

IV
La fuite de Voile
Année 80 de l'ère de l'Expansion

Voile tentait de se fondre dans le mur en briques.

21 h 15

Les faisceaux des lampes de poche brandies par les deux inspecteurs frôlèrent le bout de son nez. Elle resta immobile, silencieuse. Elle avait trouvé une fissure dans laquelle son corps frêle avait pu se couler. Elle n'avait plus aucun contrôle sur son sort, mais se disait que si elle retenait sa respiration, il y avait moins de risques que ses poursuivants détectent un mouvement. Après trois minutes d'apnée, Voile vit les lumières qui sillonnaient le tunnel changer de direction. La traque était terminée, momentanément du moins. Elle essaya de compter depuis combien d'heures elle était arrivée. Douze tout au plus, si on comptait l'attente dans le sas et le temps de franchir la zone d'accueil grâce à une microcarte de débarquement falsifiée. Elle s'était crue hors de danger et n'avait pas prévu qu'on se lance à sa poursuite.

La jeune fille respira à grandes bouffées l'air pseudo-frais, typique des mégacités. Plusieurs minutes lui furent nécessaires pour reprendre un rythme cardiaque normal. Elle devait déterminer rapidement la suite des choses. Au fond de sa cachette, Voile sortit de la poche invisible cousue sur son épaule droite une mince carte de ce secteur de Soejimapolis, la capitale de Mori. Elle trouva rapidement sa position et localisa le passage clandestin le plus près. Il y en avait un à moins d'un kilomètre. « Les policiers ne vont pas mettre plus de quelques minutes à repérer l'accès, pensa Voile. Si j'arrive après eux, je ne pourrai jamais me faufiler... »

En se remettant à courir, elle dissimula la carte dans sa pochette. Elle avait eu le temps de tracer mentalement une ébauche du parcours. En passant par les ruelles et un ou deux tuyaux d'écoulement des eaux, elle avait une mince chance de devancer les deux inspecteurs. Propulsée par l'adrénaline, elle atteignit en moins de dix minutes la lourde porte chromée qui marquait l'entrée de l'Auberge des trois étages. Elle s'y engouffra, en feignant une respiration normale.

Comme son nom l'indiquait, l'Auberge était constituée d'une salle immense, au-dessus de laquelle les aires communes et les chambres se répartissaient sur trois paliers. Le centre de la pièce restant vide, l'illusion d'espace était parfaite. De nombreux bars se trouvaient à tous les étages, mais le principal se situait au rez-de-chaussée, en plein cœur de la pièce, pour être visible des trois niveaux. En ce vendredi soir, l'Auberge était pleine à craquer de gens de tous âges. Voile fit du regard un rapide tour des lieux. Elle ne voulait pas trop montrer son visage, mais le dissimuler de façon trop flagrante risquait d'attirer l'attention encore plus. Elle sourit de soulagement : les deux agents qui la poursuivaient depuis plus de deux heures ne semblaient pas arrivés avant elle. Mais son répit serait de courte durée. Elle devait rapidement trouver l'issue.

Se frayant un chemin à travers la foule en sueur, elle gagna rapidement le bar principal et s'adressa directement au maître serveur :

— C'est toi, le patron ? demanda-t-elle, en haletant encore.

— Oh que oui, répondit l'homme, un peu trop âgé pour occuper un poste derrière le bar. Tu peux m'appeler l'aubergiste.

— Où est Samaï ? lança Voile, jouant le tout pour le tout.

L'aubergiste fit une pause et dévisagea son interlocutrice, qui soutint son regard. Il leva trois doigts, pointa vers le haut et ajouta à voix basse :

— Dans l'arrière-pièce.

Sans prendre la peine d'esquisser même un sourire, Voile se dirigea, aussi rapidement que la densité de la foule le lui permettait, vers le grand escalier rouge vin qui menait au troisième.

21 h 15

— Je te jure que je l'ai vue entrer ici, répéta Amika Tanaka pour la quatrième fois. Elle est arrivée par l'une de ces trois ruelles.

— Non, je suis à peu près certain qu'elle a pris à droite à la dernière bifurcation, insista calmement Etsumi Shimizu, balayant les alentours avec sa lampe.

— Pourquoi serait-elle retournée vers la voie principale ? demanda Tanaka, cherchant lui aussi à éclairer les coins obscurs. Ce n'est pas logique, elle aurait risqué de se faire prendre.

— Elle ne savait peut-être pas que ce chemin revenait à la voie principale, répondit Shimizu sur un ton soulignant l'évidence. Elle est sur Mori depuis moins d'une demi-journée, elle ne connaît pas encore les bas-fonds de la capitale. J'espère qu'on est au moins d'accord là-dessus.

— De toute façon, on l'a perdue, reprit Tanaka, résigné. Deux belles heures de course à travers les dédales de la ville, pour rien.

— Attends, le coupa Shimizu, elle va essayer de gagner un passage à coup sûr, on a peut-être une chance de la précéder.

Les deux inspecteurs regagnèrent rapidement leur aéroglisseur de contrôle pour se mettre en lien avec l'ordinateur central de la police de Mori. Parmi les cent cinquante endroits soupçonnés d'être des lieux de transition vers le Réseau, seul l'Auberge des trois étages était dans ce quartier.

L'Auberge n'était pas loin, mais la voie pour aéroglisseur traversait deux viaducs plutôt bondés, à cette heure de sortie des jeunes vers les quartiers festifs du centre-ville. Les inspecteurs tentèrent de se faufiler dans la circulation, mais ils arrivèrent après Voile, et ils le savaient bien. Une fois la lourde porte chromée franchie, ils se dirigèrent en toute hâte vers une serveuse du bar principal, pour qu'elle leur indique le responsable de l'étage. Elle leur désigna un homme un peu trop âgé pour travailler derrière un bar. Shimizu sortit son insigne d'inspecteur en s'adressant à lui :

— C'est toi le patron ?

— Tu peux m'appeler l'aubergiste, répondit l'homme sur le ton mécanique de quelqu'un qui apprécie plus ou moins les intrusions policières durant une soirée active.

— Tu as vu cette fille ? demanda Shimizu, en tendant une photo à son interlocuteur. Elle était

   L'ère de l'Expansion

très probablement essoufflée et a dû entrer en toute hâte.

— Non, ça ne me dit rien, reprit l'aubergiste d'un air plutôt détaché, mais il y a tellement de gens, les vendredis…

— Bien sûr, concéda Shimizu, en reprenant la photo de Voile.

Les deux inspecteurs allèrent s'appuyer au bar un peu plus loin, pour laisser place aux clients impatients d'augmenter le taux d'alcool dans leur sang.

— Ça ne veut rien dire, lança Tanaka en fouillant la salle du regard, elle peut très bien être ici.

— Elle est ici, reprit son collègue de longue date, j'en suis sûr. Et cet aubergiste nous ment probablement. Si cet établissement est un lieu de passage, les responsables de l'endroit doivent être du Réseau.

— Des Rebelles, tu crois ? fit Tanaka, qui n'était pas si prompt à tirer des conclusions.

— Regarde bien l'aubergiste, dit Shimizu, en pointant du menton l'homme derrière le bar. Il prétend ne pas être en mesure de savoir qui est entré par la porte principale, mais il fixe systématiquement la porte chaque fois qu'un client passe le seuil.

— Tu as raison, admit Tanaka, en observant subtilement l'aubergiste. Elle est sans doute ici, réfugiée à l'un des étages supérieurs. Quoiqu'elle puisse aussi être restée au rez-de-chaussée, il y a tellement de recoins. On va fouiller un peu ?

— Non, il y a trop de risques qu'elle se faufile. Elle nous observe même peut-être en ce moment. Je connais un peu cette auberge, j'y venais quand j'étais plus jeune. Il n'y a aucune issue aux étages supérieurs. Au premier niveau, il y en a quatre : la porte principale, la porte de service, une issue de secours et la porte qui mène aux cuisines. Restons exactement ici, on peut avoir les quatre portes en vue, si on demeure face à face. On n'a qu'à attendre qu'elle tente de quitter la salle, on est sûrs de la voir.

— Et si elle reste cachée jusqu'à la fermeture ? demanda Tanaka, en enlevant son manteau en simili cuir.

— Une fois les gens sortis, elle sera facile à cueillir, répondit Shimizu avec assurance.

21 h 45

— Je ne suis que le portier, dit Samaï, en fixant Voile dans les yeux. Je ne veux pas savoir où tu as entendu mon nom et encore moins qui tu es. Si tu es une espionne de la police de Mori, tu cours à ta perte en entrant dans les souterrains qui mènent au Réseau.

Les intentions de Voile étant pures, elle ne fléchit pas devant cette menace. Elle avait rapidement trouvé Samaï dans l'arrière-pièce : quelques cheveux en moins, il était identique aux photos qu'elle avait vues de lui sur Terre.

— Dans les cuisines de l'Auberge, reprit-il, se trouve un placard orné d'une Lune qui cache le Soleil. La porte n'est pas barrée mais, pour l'ouvrir, il faut tirer la poignée vers le haut, puis vers soi. À l'intérieur, au bas du mur, se trouve une trappe d'aération qui se détache facilement. Tu trouveras derrière un passage plutôt bas qui descend vers la conduite de ventilation principale du quartier. La porte du Réseau se trouve dans cette conduite.

   L'ère de l'Expansion

– D'accord, répondit Voile, qui avait tout mémorisé malgré la fatigue très présente. Il n'y a qu'un petit hic pour me rendre aux cuisines : deux inspecteurs de la police de Mori m'ont suivie. Ils sont en bas et, à ce que j'ai pu observer du troisième étage, ils surveillent les issues.

– Je vois, répliqua Samaï, en regardant l'ordinateur à son poignet. Je vais créer une diversion. Synchronisons nos systèmes. À vingt-deux heures tapantes, tu descends l'escalier adjacent à la porte des cuisines et, sans te retourner, tu t'y infiltres. Ils ne regarderont pas. Bonne chance !

Voile regarda Samaï quitter la pièce. Elle avait l'impression de toucher au but : il suffisait qu'elle atteigne ce placard. L'heure arriva, elle descendit. Elle franchissait les marches une à une, mais son corps tremblait : elle ne devait pas se faire prendre, pas rendue là. Le premier niveau atteint, elle alla directement aux cuisines. Elle ne sut pas si c'était le stress, la fatigue ou la panique, mais elle ne respecta pas les ordres de Samaï. Elle se retourna vers les inspecteurs pour voir s'ils la voyaient.

Par chance, les deux hommes avaient les yeux rivés à un écran portable que leur tendait Samaï en vociférant. Voile traversa en vitesse le cadre de la porte qui menait aux cuisines.

Le placard.

La trappe.

Le passage.

La conduite principale.

Voile atterrit dans les souterrains qui menaient au Réseau.

Tanaka comparait sa tenue à celle des clients de l'endroit. Son manteau en plastique noir tentant d'imiter la texture du cuir et son pantalon assorti ne convenaient pas du tout à l'ambiance décontractée du bar. Il en fit le commentaire à Shimizu, mais ce dernier lui répondit d'un regard lourd, signifiant que leur *look* était plutôt loin dans la liste de ses priorités.

Voile n'était pas la seule personne à s'être rendue sur Mori illégalement. Des dizaines de Rebelles y étaient parvenus sous de fausses identités. Selon les enquêtes secrètes du gouvernement, une fois sur Mori, ils s'étaient regroupés en un réseau souterrain. Les emplacements de plusieurs accès étaient répertoriés, mais comme l'organisation occupait un amalgame de tuyaux de ventilation, de drains d'écoulement des eaux et de conduites d'entretien, il était impossible pour un non-initié de s'y orienter. La police de Mori ne s'y aventurait donc pas. Par contre, pour diminuer les intrusions, les effectifs de la garde frontalière avaient été doublés depuis un an et les mesures de contrôle avaient quintuplé. Des illégaux entraient toujours sur la planète, mais beaucoup moins que les années précédentes. Voile avait réussi à traverser les lignes avec ses faux papiers, mais lors de l'archivage des microcartes électroniques de débarquement, le subterfuge avait été compris par les agences douanières, avec une heure de retard. L'alarme avait alors été donnée et le signalement de Voile envoyé à toutes les patrouilles.

Tanaka et Shimizu étaient tombés sur elle par hasard, au détour d'un boulevard, et ils avaient tenté de l'appréhender. À leur grand dam, Voile courait vite et une poursuite de plus de deux heures les avait menés dans cette auberge, où ne convenaient pas du tout leur manteau en simili cuir et leur pantalon assorti. Shimizu savait très bien l'importance de cette capture pour le gouvernement et les conséquences possibles sur son avancement professionnel. Il n'allait pas la laisser filer.

Un homme à la carrure imposante s'approcha, en tenant un plateau au-dessus de son épaule droite. Il s'adressa aux deux agents au travers d'une longue mèche de cheveux noirs qui lui couvrait la moitié du visage :

— Ces messieurs veulent-ils un *shooter* d'alcool d'aloès ?

Shimizu adressa au serveur à la mèche noire un regard très clair. Sans insister, ce dernier poursuivit sa tournée vers des clients plus réceptifs.

— Ils veulent détourner notre attention, dit Shimizu.

— Il ne faut pas exagérer, dédramatisa Tanaka, je pense que c'est juste un garçon de table qui faisait son travail.

— Tu viens à l'instant de parler de nos *looks*, Tanaka, reprit Shimizu, sans quitter des yeux les issues de la pièce. Nous sommes clairement deux inspecteurs en faction. Il faudrait être plutôt arrogant pour nous offrir à boire, non ?

— Donc tu crois que tous les employés, ici, font partie du Réseau, lança Tanaka, sur un ton qui laissait sous-entendre que l'attitude de son collègue frôlait la paranoïa.

— Je ne suggère pas ça, trancha Shimizu, je dis juste qu'il ne faut pas baisser la garde. Sinon, Voile peut nous filer entre les doigts. Il ne faut pas qu'elle nous échappe.

Un homme qui titubait légèrement s'adossa au bar, à côté des inspecteurs, et les dévisagea, un sourire narquois aux lèvres.

— Vous n'êtes pas ici pour danser, vous, Hé! Hé! Hé! En tout cas, moi je n'ai rien à me reprocher, Hé! Hé! Hé!

— Regarde, on n'a ni le temps ni le goût de discuter, lâcha Tanaka, avant que son interlocuteur ne tente d'autres blagues.

— Bon bon bon, je les ai froissés, reprit l'homme en postillonnant abondamment. Je n'ai pas le goût de jaser, non plus, j'ai le goût de rencontrer des filles moi. Hé! Hé! Hé! Et vous n'êtes pas des filles! Quoiqu'avec vos trucs en simili cuir...

Mais l'homme s'affala sur le plancher, avant de pouvoir lancer le Hé! Hé! Hé! qui allait probablement conclure sa phrase. Tanaka eut le réflexe de l'aider, mais Shimizu le retint avec force, lui rappelant leur mission du regard. Ce sont plutôt des employés de l'Auberge qui vinrent relever l'ivrogne et, par la même occasion, lui firent quitter l'établissement. Tanaka regarda son collègue et tenta de le devancer :

— Tu vas me dire que lui aussi était un comédien engagé par le Réseau pour détourner notre attention.

— Je dis juste qu'il faut surveiller les issues, répliqua Shimizu sans broncher. Et compte tenu de son haleine, celui-là n'était sûrement pas le complice de qui que ce soit.

Les inspecteurs ne purent argumenter plus longtemps, car une bousculade se déclencha à leur gauche. Deux individus de petite taille s'empoignaient par le col, en hurlant. Celui qui semblait le plus en colère, un petit barbu à la calvitie naissante, se tourna vers les inspecteurs :

— Au nom de la justice, si elle existe, enchaînez cet homme !

— Qu'est-ce qui se passe ? demanda Shimizu d'un ton las.

— Cet homme couche avec ma femme ! J'en ai la preuve ! J'avais déjà des doutes, alors j'ai tout filmé !

Les yeux sortis de leurs orbites, en continuant de crier sa colère, l'homme sortit un minuscule écran portable à projection tridimensionnelle qui montrait en boucle les ébats sexuels d'un couple croqué avec une caméra rudimentaire.

Pendant dix secondes, les inspecteurs furent déconcentrés par les images plutôt explicites.

Il était vingt-deux heures tapantes.

— Désolé, mais rien dans la loi ne nous demande d'intervenir en cas d'adultère, affirma Tanaka non sans dissimuler un léger sourire.

Samaï quitta les inspecteurs, en continuant de vociférer. Sa tâche était accomplie. Une autre Rebelle allait rejoindre le Réseau.

22 h 05

Voile avait activé son habit éclairant et pouvait voir dans toutes les directions, sur un rayon d'environ vingt mètres. Elle cheminait lentement. À l'origine, la canalisation dans laquelle elle progressait avait dû servir à l'entretien des systèmes électriques et connexes de Mori. On voyait clairement qu'avec les nouveaux équipements utilisés dans cette mégacité, les besoins d'entretien étaient minimes et que ce tunnel n'était jamais fréquenté.

Éveillée depuis plus de trente-six heures, elle avait de plus en plus de difficulté à mettre un pied devant l'autre. L'adrénaline avait cessé d'affluer et elle ressentait la fatigue accumulée dans tous ses muscles. Elle touchait au but.

Comme il y avait peu d'échanges entre les Rebelles de la Terre et ceux de Mori, Voile ne savait pas du tout ce qui l'attendait sur cette première planète conquise par les Terriens. Elle espérait simplement que le Réseau anti-isolationniste existait vraiment et faisait une propagande suffisante pour changer les choses. D'aussi loin que se souvenait la jeune fille, elle avait fait partie de la minuscule proportion d'Asiatiques qui considérait que Mori devait être accessible aux quatre pôles. Les tournées de persuasion de Misashi, plus de cent ans auparavant, avaient convaincu neuf cent quatre-vingt-dix-neuf habitants du Soleil sur mille que l'exclusivité devait leur revenir. Voile était donc l'une des rares personnes non endoctrinées par Misashi et ses successeurs. Et parmi cette très faible proportion, la plupart n'étaient pas des activistes et préféraient se conformer à l'opinion de la majorité. Voile s'était engagée sur une autre avenue, jusqu'à devenir une Rebelle dans une conduite d'entretien, au cœur des soubassements de Mori.

Elle avançait lentement dans le couloir souterrain, deux convictions en tête. La première était qu'une fois arrivée, elle ferait enfin partie de quelque chose qui la dépassait. Elle n'avait aucune idée de l'état actuel du Réseau ni de ses actions, mais elle était persuadée que s'infiltrer au cœur même du problème était la meilleure façon de provoquer des changements. La seconde était beaucoup plus pragmatique : elle était persuadée qu'elle venait de battre son record personnel du nombre d'heures sans dormir. Elle combattait d'ailleurs lourdement l'équipe redoutable de ses paupières alliées à la gravité. Elle se demanda si la gravité était la même sur Mori que sur Terre. Son corps tout entier pesait très lourd en ce moment, mais son esprit était assez rationnel pour se douter que la seule raison de cette sensation de surpoids était la fatigue.

Avant que l'équipe paupières et gravité ne l'emporte par K.-O., elle décida de faire une pause. Elle s'improvisa un petit lit derrière un demi-mur de tôle, éteignit son habit éclairant et s'endormit dans la milliseconde qui suivit.

3 h 15

Etsumi Shimizu était royalement en colère : ils l'avaient perdue ! Et pourtant, ils n'avaient jamais quitté les quatre issues des yeux. Le bar s'était vidé au même rythme que l'espoir de retrouver Voile. Les deux inspecteurs avaient regagné leur aéroglisseur et s'apprêtaient à remplir le rapport d'activités constatant leur échec.

— Elle n'était peut-être même pas dans l'Auberge, commença Tanaka, pour consoler son collègue.

— Je suis certain qu'elle y était, insista Shimizu, il n'y a aucun autre passage connu dans ce secteur de la ville et ç'aurait été beaucoup trop dangereux pour elle de rester à l'air libre. D'après moi, soit on a manqué de vigilance, soit elle avait déjà trouvé la porte à notre arrivée.

— Possible, se résigna Tanaka. Veux-tu que je joigne notre rapport au dossier du passage de l'Auberge des trois étages?

— Oui. D'ailleurs, on aurait pu éplucher un peu plus la documentation. Peux-tu faire une recherche rapide, au cas où il y aurait de l'information sur l'entrée du Réseau?

— À quoi bon... il est trop tard, on l'a perdue, répliqua Tanaka, peu convaincu, mais connaissant l'entêtement de son collègue.

Shimizu n'eut pas à répliquer et Tanaka fit la recherche demandée sur l'ordinateur interactif du véhicule. Ses doigts pianotaient rapidement sur l'écran en suspension entre le tableau de bord et lui. Quelques minutes de fouille électronique plus tard, les yeux de Tanaka s'écarquillèrent subitement.

— Tu vas être fâché, un rapport qui date de quelques mois décrit exactement où se trouve le passage...

— Quoi! cria Shimizu, en glissant vers lui l'écran flottant. Dans les cuisines... porte... trappe... Viens, on y retourne!

— Pas la peine, elle a des heures d'avance, on l'a perdue, lui objecta Tanaka, se doutant du peu d'influence qu'aurait sa réplique sur la suite des choses.

— Et peut-être qu'elle a emprunté le passage dans la dernière heure, quand tu t'es absenté pour aller aux toilettes et que j'avais quatre issues à surveiller! lui reprocha Shimizu. Alors c'est au pas de course qu'on va trouver le passage, elle est peut-être rattrapable.

Les deux inspecteurs retournèrent à l'auberge, d'un pas plus proche du sprint que de la course, et filèrent vers les cuisines, leur insigne à la main, pour éviter toute conversation avec un employé zélé.

Le placard.

La trappe.

Le passage.

La conduite principale.

Presque simultanément, et sans ralentir le pas, les deux collègues allumèrent leur lampe de poche, qu'ils agitèrent dans tous les sens en progressant dans la conduite d'entretien. Ils sentaient qu'ils s'approchaient du cœur du Réseau.

3 h 45

Voile entrouvrit les yeux sans bouger : elle n'était plus seule dans le passage. Le bruit des pas qui fonçaient dans sa direction l'avait réveillée brutalement. Il y avait clairement deux personnes et, à en juger par le claquement métallique des bottes, cela devait être les deux inspecteurs qui la pourchassaient. Elle se blottit derrière le demi-mur de tôle où elle s'était assoupie, espérant que les lumières ne se braquent pas sur elle. Elle retint encore une fois son souffle, se demandant si sa situation avait vraiment évolué, depuis la ruelle où elle s'était tapie, quelques heures auparavant. Ses deux poursuivants arrivaient à son niveau, leurs lampes pointées vers l'avant. Elle ne vit pas leurs visages, mais elle reconnut leurs voix. Les inspecteurs passèrent à moins d'un mètre de Voile qui, à ce moment précis, sentit que les pulsions de son cœur menaçaient de faire éclater sa poitrine.

Mais ils passèrent.

Ni Shimizu ni Tanaka ne savait à quoi pouvaient ressembler les installations du Réseau. Cependant, ils avaient de la chance : le tunnel était linéaire, sans porte ni bifurcation. Bien que progressant au pas de course, ils restaient à l'affût de toute ouverture ou d'un passage adjacent. À maintes reprises, ils localisèrent des trappes ou des grilles qu'ils tentèrent d'ouvrir, mais chaque fois, elles étaient bien scellées et impossibles à forcer.

Pour la première fois, ils arrivèrent à une porte dressée sur la paroi, à droite de la conduite. Elle était couverte d'huile ou d'un quelconque hydrocarbure lourd et odorant. Tanaka enfila un gant – simili cuir toujours – et tira sur la poignée pour voir si elle était verrouillée. Dans un lourd grincement, la porte s'entrouvrit sur un autre tunnel qui descendait encore.

– Oublie ça, ce n'est pas par là, affirma rapidement Shimizu.

– Pourquoi pas ? s'étonna Tanaka, c'est la première ouverture qu'on aperçoit et ça doit faire près de quinze minutes qu'on court.

– Regarde la porte, reprit Shimizu à la hâte, elle est couverte d'huile et l'empreinte de ta main est clairement visible sur la poignée. Il y aurait eu des traces si Voile ou quiconque était passé récemment.

Tanaka referma la porte, en se disant que se représenter cette « évidence » quelques secondes plus tôt lui aurait évité de se salir.

La course reprit pendant une bonne dizaine de minutes encore et les inspecteurs arrivèrent à un cul-de-sac, avec comme seule issue des échelons tout aussi huileux et lisses que la porte. Peu importe où ils menaient, personne ne les avait empruntés récemment.

Le poing de Shimizu s'abattit sur le mur d'acier qui marquait la fin du tunnel.

– Merde ! Cette fois-ci c'est vrai, elle nous a échappé pour de bon.

3 h 50

Plus question de dormir pour Voile, elle était complètement éveillée. Elle se remit en route, mais prudemment, car ses poursuivants étaient maintenant devant elle. Plus question d'allumer son habit éclairant, elle devait cheminer à la lueur des faibles ampoules de sûreté d'un tunnel peu fréquenté.

Voile avançait donc, à petits pas, dans un couloir sombre, vers une destination sur laquelle elle avait peu d'indices. Avant de quitter la Terre, elle avait appris qu'il existait sur Mori des passages qui menaient au Réseau, gardés par des portiers nommés *Samaï*. Rien de plus. Elle avait pu emporter une carte représentant l'emplacement des différents lieux d'entrée, ce qui l'avait menée à l'Auberge des trois étages. Elle ne connaissait rien de la suite. C'est à l'affût d'une ouverture ou d'un signe, que Voile chemina jusqu'à une porte huileuse dans le mur droit du couloir, qui avait été ouverte récemment. Elle dut s'y prendre à deux mains, car la porte était lourde et la poignée glissante. Elle distingua de l'autre côté les premières marches d'une descente abrupte. Elle essuya ses mains visqueuses sur ses vêtements de chanvre et referma derrière elle. L'escalier était fait d'un matériau composite, une sorte de bois mélangé à de la gomme. Elle dévala les marches pendant plusieurs minutes et arriva à une seconde porte, entrouverte.

Voile pénétra dans une pièce au centre de laquelle se tenait une dame dans la cinquantaine.

4 h 00

Etsumi Shimizu préférait ne pas parler tellement il était furieux.

Amika Tanaka préférait ne pas parler tellement son collègue était furieux.

Ils avaient rebroussé chemin et commençaient eux aussi à ressentir la fatigue. Ils auraient dû être rentrés confortablement chez eux depuis plus de six heures déjà. Au lieu de cela, ils devaient faire tout le chemin inverse, sans compter que le rapport d'activité n'était pas encore terminé. Ayant toujours eu de la difficulté avec les silences, Tanaka tenta une conversation :

— On a quand même fait tout ce qui était en notre pouvoir pour la rattraper, débuta-t-il, en avançant dans le tunnel.

— C'est exactement ça qui nous différencie, coupa sèchement Shimizu. Toi, tu considères que ton travail est axé sur les moyens et, moi, sur les résultats. Je ne me valorise pas à l'effort ! J'ai juste l'impression qu'on a gâché notre soirée. Mais c'est un peu ma faute. Arrivés à l'auberge, on aurait dû appeler des renforts et fouiller l'établissement.

— Mais je l'avais proposé, objecta Tanaka, sans conviction.

— Je sais, avoua Shimizu, et c'est ce que je dis, c'est ma faute. Je voulais qu'on prenne à nous seuls le mérite de l'arrestation de la Rebelle. Ça me fâche encore plus.

– Regarde la porte ! coupa Tanaka, en pointant le mur du corridor.

Deux lampes de poche et quatre yeux se rivèrent sur la porte huileuse qu'ils avaient examinée à leur premier passage. Les traces de délicates mains dans l'huile épaisse, beaucoup plus discrètes que celles de l'inspecteur, prouvaient que la porte avait clairement été ouverte par une autre personne.

– Mais comment… ? demanda Tanaka.

– Je ne sais pas, répondit Shimizu, mais elle est là, en bas, j'en suis sûr, et elle n'a plus beaucoup d'avance sur nous.

Les deux inspecteurs s'élancèrent dans le sombre escalier fait d'un matériau composite, une lampe de poche dans une main et un pistolet paralysant dans l'autre.

4 h 05

Des cinq sens dont l'humain est doté, l'odorat était à coup sûr le plus développé chez Voile. Non seulement elle détectait, mais elle mémorisait toutes les senteurs qui l'entouraient. Aux douanes d'entrée sur Mori, elle avait été envahie par une odeur de foule, un mélange d'effluves corporels et de textiles imbibés de sueur. Dans les ruelles où elle s'était cachée, elle avait senti un parfum de bitume, avec des fragrances d'agrumes probablement attribuables aux produits nettoyants utilisés pour la désinfection quotidienne. À l'Auberge des trois étages avaient dominé les arômes de bois macéré dans différents types d'alcool, auquel s'ajoutaient les émanations salées des corps moites qui remplissaient l'endroit. Dans le conduit d'entretien où elle avait dormi quelques heures, une odeur d'hydrocarbures lourds et de goudron granuleux avait prévalu.

Mais au moment précis où elle pénétra dans la pièce, le clou de girofle, elle en était sûre, lui monta au nez, avec ses variantes typiques de la plupart des recettes automnales. La salle avait toutes les apparences d'une cuisine rudimentaire. Il y avait un évier, un meuble qui faisait office de comptoir, une large table en argile et une caisse métallique qui était probablement un réfrigérateur.

Une dame dans la cinquantaine dévisageait Voile en souriant, sans dire un mot.

— Est-ce que je suis dans le Réseau ? demanda Voile sur un ton hésitant.

— Dans une de ses branches, oui. Si tu permets, je ne me présenterai pas, nous n'aimons pas beaucoup laisser de traces ici, mais je suis heureuse de te recevoir. Veux-tu un bol de soupe ?

Voile n'arrivait pas à se rappeler son dernier repas. Elle s'assit à la table et engouffra goulûment le potage – carotte et clou de girofle, elle avait bien deviné – qui lui fut servi.

La dame alla fermer la porte par laquelle Voile était arrivée et se tourna vers son invitée.

— De nombreux tunnels vers le Réseau, comme celui que tu viens d'emprunter, mènent à cette pièce. Je suis ici pour t'accueillir et te mener au cœur de notre organisation.

— Et comment faites-vous pour savoir que je ne suis pas une espionne au service du gouvernement ? questionna Voile, en terminant son potage.

– On ne le sait pas. Chaque fois, on prend le risque, on n'a pas le choix. C'est la seule façon de rassembler les effectifs, si on veut poursuivre la campagne de propagande sur Mori. On est tellement peu nombreux, peut-être une centaine de membres actifs.

– Une centaine seulement… s'étonna Voile, déçue. Selon nos registres sur Terre, c'est environ deux mille personnes qui ont tenté de vous rejoindre depuis dix ans…

– Toutes les autres ont dû être arrêtées aux douanes, répondit tristement l'hôtesse. Où sont-elles maintenant ? Impossible de le savoir.

– Et où en sont vos activités… ? commençait Voile, lorsque l'hôtesse leva la main, en lui faisant signe de se taire.

– Des pas dans l'escalier. Est-il possible qu'on t'ait suivie ?

– Deux inspecteurs étaient à mes trousses, oui, avoua Voile, mais je croyais les avoir semés. Ils sont tenaces.

La dame actionna délicatement un levier électronique qui activa les loquets de la porte. Les deux femmes restèrent immobiles et silencieuses pendant que les pas se rapprochaient. Les poursuivants étaient maintenant derrière la porte et tentaient de l'ouvrir, sans succès. Voile perçut des voix masculines, puis entendit clairement un « Ouvrez ! », mais c'est lors des chuchotements qui suivirent que son hôtesse se tourna vers elle.

– Fuis dans cette direction, dit-elle en indiquant à Voile une voûte plutôt basse pour un humain de taille normale. À deux cents mètres environ, tu vas voir une poulie sur ta gauche. Tire la manivelle qui se trouve dessous, pour bloquer le passage derrière toi. Ensuite, cours et suis toujours les couloirs ornés d'une Lune qui cache le Soleil. Allez, cours !

Voile partit sans se retourner. Elle entendit une explosion derrière elle, puis un cri étouffé. Elle arriva au niveau de la poulie et trouva la manivelle, prise dans un assemblage de cordes. Elle tenta de l'activer, mais l'amas de câbles bloquait le mécanisme.

La jeune femme regarda derrière elle, sous la voûte, et vit, révélés par leurs faisceaux lumineux, les deux inspecteurs venir vers elle à grandes enjambées. Elle s'acharna avec énergie sur la maudite manivelle qui ne voulait pas s'actionner. Certains des nœuds se dénouèrent facilement, mais ses assaillants avançaient vite. Ils étaient rendus à moins de vingt mètres d'elle.

Voile tira de toutes ses forces.

4 h 10

Des cinq sens dont l'humain est doté, l'ouïe était à coup sûr le plus développé chez Shimizu. Son oreille non seulement captait des sons habituellement inaudibles, mais en percevait toutes les subtilités. Lorsque le signalement de Voile avait été lancé à partir du système central, il avait tout de suite perçu dans le timbre de voix de son supérieur l'importance de la capturer. Dans les ruelles où ils avaient poursuivi la fugitive, il avait détecté les sons, très bas, de l'eau usée qui s'écoulait dans des canalisations sous leurs pieds. À l'Auberge des trois étages, il avait choisi un endroit précis pour s'adosser au bar, un point mort quant à l'orientation des haut-parleurs qui projetaient l'assourdissante musique. Le meilleur endroit pour que Tanaka et lui puissent communiquer sans se crier. Dans le conduit d'entretien où ils avaient failli être semés par Voile, il entendait, au début, les bruits de la circulation urbaine de la surface. Cependant, plus ils cheminaient dans la conduite, moins il en percevait. Il en avait conclu qu'ils s'enfonçaient tranquillement sous terre. Au moment précis où ils atteignirent la porte verrouillée au bas de l'escalier, Shimizu fut absolument certain d'avoir entendu au moins une voix, sinon deux, derrière la porte qui leur bloquait le passage.

— Ça ne sert à rien d'essayer de défoncer à coups d'épaule, commença-t-il. Regarde les pentures, elles sont reliées à un loquet électronique qui s'active de l'autre côté.

— Ouvrez ! cria Tanaka, avec un très mince espoir d'être obéi.

— Remonte d'une dizaine de marches, reprit Shimizu à voix basse, je vais poser des explosifs.

— As-tu des pastilles de C12 ? demanda Tanaka, en fouillant lui aussi à sa ceinture.

— Non, seulement du C10, répondit Shimizu, en sortant deux rondelles dorées et en les détachant de leur détonateur respectif. J'imagine que ça va suffire, le cadre ne semble pas doublé d'acier.

— D'accord, chuchota Tanaka. De toute façon, c'est tout ce que j'ai aussi.

Une fois les pastilles installées sur les pentures, les deux inspecteurs gravirent un nombre convenable de marches pour être à l'extérieur du rayon d'action de l'explosion. Shimizu actionna les deux détonateurs. La charge explosive était plus que suffisante et la porte vola en éclats. Les deux collègues dévalèrent à nouveau les marches et pénétrèrent dans la cuisine rudimentaire. Une dame dans la cinquantaine se tenait devant eux. D'un air décontracté, elle les salua :

– Bonjour, messieurs !

Mais Shimizu ne tomba pas dans le panneau. Il lui envoya une bonne décharge de son pistolet paralysant en pleine poitrine. Elle poussa un cri étouffé, avant de s'affaler sur le sol. Nul recours à son ouïe hors du commun ne fut nécessaire pour localiser Voile : on entendait très clairement ses pas s'éloigner dans un passage voûté. Les deux inspecteurs s'y engagèrent au pas de course.

Ils l'avaient presque rejointe. Shimizu voyait, quand elle se retournait, le reflet de sa lampe de poche dans les yeux affolés de la petite Voile qu'ils rattrapaient.

4 h 20

Dans un élan de désespoir, Voile réussit à tirer la manivelle. Les poutres qui soutenaient le plafond se détachèrent massivement et la voûte s'effondra. Shimizu fit un saut vers l'avant pour éviter l'éboulement et atterrit à côté de Voile. Tanaka n'eut pas ce réflexe. La moitié de son corps fut ensevelie sous les roches qui composaient le plafond. Sa nuque se brisa.

Pendant plusieurs minutes, ni Voile ni Shimizu ne parlèrent ou ne bougèrent.

Les larmes coulaient abondamment sur les joues de Voile. Elle avait cru que la manivelle allait fermer une porte derrière elle, ou abaisser un genre de herse, mais pas que tout allait s'effondrer. Elle avait à ses pieds un homme qu'elle venait de tuer.

Les larmes ne coulaient pas sur les joues de Shimizu, mais faisaient plutôt tempête à l'intérieur de son esprit. Le corps de son collègue gisait à ses côtés. Il ne pensait, à ce moment, qu'à leur conversation remontant à deux jours à peine, dans laquelle ils avaient tous deux planifié la fête qu'ils voulaient organiser pour leurs huit ans comme partenaires.

Il n'y avait plus rien à dire.

*　*　*

Etsumi Shimizu venait d'être décoré du grade de la Vaillance. Ce n'était pas le plus haut titre, mais ses supérieurs voulaient souligner publiquement son implication dans l'arrestation de Voile. La cérémonie fut tout de même grandiose. Plusieurs membres de l'élite prirent la parole et mirent l'accent sur le dépassement de soi dont Shimizu avait fait preuve dans ses activités.

Une semaine s'était écoulée depuis les évènements. Shimizu avait été plutôt submergé par les rapports préparatoires au procès et par les comptes rendus liés au décès de Tanaka. Il vivait son premier moment de détente. Il quitta la salle pour aller à une autre rencontre, plus discrète, dans les quartiers de la police de Mori. Il venait d'y être convié par son supérieur immédiat, mais n'était pas informé du but de la réunion. Le capitaine Fonza l'accueillit dans son bureau en l'invitant à s'asseoir aux côtés d'un autre invité. L'incompréhension totale se dessina sur le visage de Shimizu quand il reconnut l'aubergiste. Fonza prit la parole :

— Shimizu, je te présente l'agent 34P26, une de nos excellentes taupes.

— Enchanté, dirent simultanément l'inspecteur et l'agent, en se serrant fermement la main.

— L'agent 34P26 est chargé d'aider les Rebelles à trouver l'entrée du Réseau, reprit Fonza en s'assoyant en face de ses deux interlocuteurs. Il les dirige vers l'un des portiers, un véritable Rebelle.

— Mais pourquoi la police de Mori voudrait-elle aider les Rebelles ? demanda ironiquement Shimizu, même s'il savait que la réponse s'en venait.

— On ne les aide pas, poursuivit tranquillement le capitaine Fonza, on les regroupe. L'idéal est de les intercepter dès leur entrée sur Mori, ce qu'on réussit d'ailleurs la plupart du temps. Mais il y a eu des failles. C'est pour mieux les rassembler qu'on les a laissés bâtir leur organisation. Nos agents n'infiltrent pas directement le Réseau, mais aident les Rebelles à s'y rendre.

— En tout cas, Tanaka et moi, tu ne nous as pas beaucoup aidés à trouver le passage, affirma Shimizu en se tournant vers l'aubergiste.

— Effectivement, avoua l'autre, on ne veut pas que la police s'y aventure et disperse les Rebelles. En fait, on ne le voulait pas, jusqu'à maintenant. Tu étais juste légèrement en avance, disons.

— En avance ? questionna Shimizu, en s'adressant plutôt à Fonza.

— Nous les regroupons évidemment dans le but de les cueillir d'un bloc. L'opération Purification, au cours de laquelle nous allons faire des descentes, débute la semaine prochaine. Nos procédures douanières sont maintenant parfaitement efficaces. À l'exception de Voile, il n'y a pas eu d'infiltration sur Mori depuis plus de six mois.

— Donc si l'opération Purification est un succès, c'est la fin du Réseau, conclut Shimizu, en comprenant l'ampleur des activités des prochaines semaines.

— Exactement, confirma Fonza sur un ton qui ne laissait aucun doute, et ce sera un succès. Tous les passages sont localisés, tous les *Samaï*, les portiers, sont identifiés. La pêche sera faite méticuleusement et efficacement. J'imagine que tu devines la raison de ta présence ici.

— Je la devine.

— Tes capacités et ton instinct ont été clairement démontrés, renchérit Fonza qui arrivait au clou de la rencontre. Tu vas faire partie de l'opération Purification, qui doit rester secrète pour quelques semaines encore, mais qui sera plus que publicisée, une fois terminée. Vous serez seulement une centaine d'agents, nos meilleurs. Comme l'avancement professionnel t'a toujours intéressé, j'imagine que tu embarques.

— J'embarque.

L'opération Purification dura deux semaines et fut un succès total.

*　*　*

Me Minstu enfilait sa toge, en sirotant un café aromatisé de rares épices en provenance d'une région éloignée de Mori. Âgée de soixante-trois ans, elle appartenait à l'élite des juges du Soleil. Née sur Mori, elle en connaissait les lois et la jurisprudence mieux que quiconque. C'était la référence en matière de droit criminel. Au cours de sa carrière, elle avait dû siéger dans plus d'une quarantaine de procès pour meurtre, ce qui était beaucoup pour l'époque, et dans à peu près tous ceux des Rebelles interceptés.

En ce lundi matin, après une fin de semaine de repos agréable avec ses trois enfants qu'elle voyait trop peu souvent, la juge rentrait au travail, totalement ressourcée et consciente de la longue semaine qui l'attendait. En ce 16 février de l'an 80 de l'ère de l'Expansion, Me Minstu se prononçait dans deux causes, dont la première impliquait Akina Ogawa, mieux connue sous le pseudonyme de Voile, poursuivie par le Gouvernement du Soleil pour deux raisons distinctes. D'une part, elle était accusée d'homicide involontaire sur la personne de l'inspecteur Amika Tanaka. D'autre part, elle avait traversé illégalement par téléporteur et avait tenté de rejoindre le Réseau sur Mori. L'issue du procès était inévitable, mais le protocole devait être respecté.

Me Minstu avait écouté les témoignages pendant plusieurs semaines et devait, ce matin même, rendre son verdict final. Comme la loi l'exigeait, elle devait relire une dernière fois les dépositions des cinq personnes directement impliquées dans l'affaire, avant d'aller annoncer son verdict. Elle s'humecta les lèvres de son délicieux café et commença la lecture des cinq rapports.

Déposition 1 : Akina Ogawa, alias Voile

Je suis coupable du meurtre involontaire de l'inspecteur Amika Tanaka. Je demande une sentence clémente : sa mort était purement accidentelle. J'offre mes sincères condoléances à la famille de la victime et j'espère un jour recevoir leur pardon. Je n'arrive toujours pas à envisager que j'aie pu tuer un homme.

Je suis coupable également de m'être rendue sur Mori par téléporteur dans le but de sensibiliser ses habitants à l'ouverture de la colonisation de l'Espace aux autres pôles.

Je ne demande pas la clémence, je l'ai fait de plein gré et en toute connaissance de cause. Cependant, je remets en question la loi même du Soleil et la valeur morale des articles de loi qui m'incriminent. Comme l'Histoire l'a prouvé, si les téléporteurs ne deviennent pas accessibles à tous les pôles, les peuples de l'Union trans-européenne, de l'Étoile d'Amérique et de l'Al-liance du Sud seront à jamais enfermés sur Terre, sans possibilité d'expansion. Ils seront voués à l'étouffement, en raison de l'augmentation constante de la population. Ne me parlez pas de la possibilité que le secret de téléportation soit redécouvert par les scientifiques d'un autre pôle : il a clairement été démontré que cette hypothèse n'est plus possible.

Je suis consciente du peu d'impact des déclara-tions que je formule sur mon sort. J'accepterai donc la sentence qui me sera infligée, mais sur le plan moral, je reste innocente par rapport au deuxième chef d'accusation.

Déposition 2 : Etsumi Shimizu, alias inspecteur matricule 62535, grade de la Vaillance

J'ai vu de mes yeux mourir Amika Tanaka, mon coéquipier. Voile a bel et bien actionné la mani-velle qui a créé l'éboulement sous lequel est décédé mon partenaire. Cependant, je suis per-suadé que son geste n'était pas délibéré. L'accu-sée croyait sincèrement nous bloquer le passage et empêcher sa capture, mais ne prévoyait pas l'effondrement de la vôute. Après l'éboulement, Voile était complètement démontée et elle ne tenta pas de fuir. Je crois que la peine minimale d'emprisonnement, pour homicide involontaire, pourrait s'appliquer à ce délit non prémédité.

En ce qui concerne la seconde accusation, l'accusée a effectivement fait la traversée illégalement vers Mori et fui pendant des heures pour se joindre au Réseau. Elle est coupable d'avoir rallié la cause du terrorisme, au regard de la loi.

À maintes reprises durant le procès, la validité morale de l'article qui concerne cette seconde accusation a été contestée. À titre d'inspecteur, je suis là pour faire appliquer la loi et non pour la mettre en cause. Je ne me prononcerai donc pas sur cet élément.

Déposition 3 : Dosan Satô, alias l'agent 34P26, alias l'aubergiste

Mon rôle dans l'histoire de Voile a été de second plan : je l'ai dirigée, tel que mes ordres le demandaient, vers le portier du passage de mon établissement. Je n'énoncerai aucun avis sur l'homicide involontaire, puisque je n'ai rien vu.

Quant à son infiltration sur Mori, il s'agit de la douzième Rebelle que je dirige vers les branches du Réseau. Comme les autres, quand je l'ai vue, elle semblait essoufflée, mais déterminée. C'est le genre d'individu prêt à tout, une extrémiste dont il faut se méfier, à mon avis. Les Rebelles ont tout bravé pour atteindre le Réseau ; ceux qui ont réussi sont donc beaucoup trop dangereux. Pour la protection des valeurs du Soleil, j'encourage madame la Juge à infliger la peine maximale.

Déposition 4 : Kimi Matsuda, alias l'hôtesse

C'est moi qui ai dit à Voile d'actionner la manivelle pour bloquer le passage derrière elle. Je ne lui ai jamais mentionné que le passage voûté allait s'effondrer. Elle ne pouvait donc pas savoir ce qui allait se passer. Elle n'est coupable que d'avoir suivi mon conseil. Je ne crois pas non plus être responsable de la mort de l'inspecteur. Je croyais sincèrement pouvoir les retenir, le temps que le tunnel s'effondre derrière Voile.

Pour le passage sur Mori par téléporteur, délit dont je suis moi aussi accusée, elle est coupable, tout comme moi, au sens de la loi. Cependant, l'Histoire nous offre beaucoup d'exemples où des gens brillants ont su remettre en question des lois qu'ils jugeaient immorales. Je souhaite de tout cœur que certains membres de l'élite de la société actuelle sachent être à l'écoute de tout ce qui sera dit pendant les différents procès qui suivent l'opération Purification qui vient d'avoir lieu.

La pérennité de la loi doit être remise en question.

Déposition 5 : Ryokai Ito, alias Samaï #8, alias le portier

Vous n'êtes tous que des tyrans. Des xénophobes assoiffés de pureté. Ou pire encore, des moutons qui obéissent à la loi, sans réfléchir. Vous n'êtes que les esclaves des politiques gouvernementales d'un dictateur mort depuis cent ans.

L'opération Purification lors de laquelle vous nous avez tous capturés n'est pas la fin d'une ère, mais le début de l'éveil des consciences !

Voile est innocente sur tous les plans. Le meurtre de Tanaka était clairement involontaire, comme tout le prouve. Même si elle l'avait perpétré volontairement, elle demeurerait innocente dans l'absolu. C'était sa seule chance de rejoindre le Réseau et de faire changer le système actuel.

Et pour avoir traversé illégalement et tenté de se joindre au Réseau sur Mori, elle ne devrait pas être accusée, mais plutôt félicitée. Elle vous a bravés, vous, les tyrans.

Voile est innocente, nous le sommes tous.

*   *   *

Me Minstu avait réussi à faire coïncider sa lecture de la dernière ligne de la dernière déposition avec la dernière gorgée de son savoureux café. Elle avait tout relu, elle était prête à se présenter au tribunal.

En marchant dans les hauts corridors du palais de la loi, la juge réfléchissait aux conséquences de l'opération Purification sur son emploi du temps des semaines à venir. Elle serait plus occupée que jamais, quoique les conclusions de tous ces procès, prévus à la chaîne, fussent clairement les mêmes. L'auditoire se leva lorsque la magistrate pénétra dans la salle. Son regard se porta sur la petite Voile qui attendait, résignée, les yeux gorgés d'eau, prête à éclater en sanglots. Me Minstu prit place sur le siège de velours qui dominait l'assemblée.

— Vous pouvez vous asseoir, débuta l'honorable juge en s'humectant les lèvres encore pétillantes des épices contenues dans son café. Nous en sommes à la conclusion du procès qui oppose Akina Ogawa, que nous connaissons sous le pseudonyme de Voile, au Gouvernement du Soleil.

« Au premier chef d'accusation, soit le meurtre de l'inspecteur Amika Tanaka, Voile est reconnue coupable de meurtre non prémédité. Compte tenu des circonstances atténuantes et des preuves, le tribunal condamne Voile à six mois de prison avec possibilité de sortie.

« Au second chef d'accusation, soit avoir traversé illégalement par téléporteur et avoir tenté d'infiltrer le Réseau de Rebelles maintenant démantelé, Voile est reconnue coupable. Compte tenu de l'impact de ses actes sur l'ensemble du peuple du Soleil, le tribunal la condamne à la prison à vie, sur Mori, sans possibilité de libération conditionnelle. »

La juge leva l'assemblée et quitta la salle d'audience.

*   *   *

L'annonce du verdict s'était bien déroulée, sans grande surprise pour personne. Il lui fallait maintenant passer à l'affaire suivante, beaucoup plus imprévisible. Malgré sa notoriété, Me Minstu y agissait en simple conseillère. Elle faisait partie des douze intellectuels que l'Empereur avait convoqués pour prendre la décision la plus importante de son règne.

Elle venait d'embarquer dans la fusée législative qui allait la mener au palais suspendu, résidence et lieu de travail de Murakami IV. Les magistrats de Mori pouvaient utiliser sur demande le petit véhicule à quatre places dans lequel elle était confortablement assise. Elle n'était pas souvent allée sur Terre et ne pouvait pas comparer, mais elle avait lu de nombreux articles sur l'importance de l'architecture pour la sécurité des airs à l'intérieur des villes. Sur Terre, le transport aérien intra-muros s'était développé dans des villes déjà construites. L'architecture urbaine n'y était donc pas adaptée. À l'inverse, sur Mori, l'urbanisme avait été réfléchi en fonction de la mixité des transports. Les véhicules volants municipaux, les navettes privées de lévitation et les voies publiques en apesanteur pouvaient coexister, car les trajets étaient bien conçus.

Ce mode de déplacement était évidemment réservé aux élites et il y avait longtemps que Mᵉ Minstu ne se mêlait plus à la classe moyenne. Mori établissait une corrélation claire entre le statut social et la vie en altitude. Les magistrats, les dignitaires, les dirigeants et les nobles en tout genre habitaient et travaillaient au sommet des hauts édifices de la mégacité. D'où l'importance, pour cette sphère de la société, d'un service de pointe.

Mᵉ Minstu se dirigeait donc vers le seul édifice en totale lévitation : le palais suspendu de l'Empereur, qui dominait Mori de toute sa prestance. D'immenses réacteurs atomiques permettaient au palais de flotter de façon permanente en appliquant une force égale sur quatre tours équidistantes. C'était le plus haut lieu de prestige du monde. La somptueuse résidence s'élevait sur neuf niveaux, dont les trois supérieurs étaient réservés à l'Empereur lui-même et à sa famille. Des jardins s'étalaient partout sur les toits, à l'exception de quelques tours d'observation.

C'est donc au premier niveau que la fusée législative se posa. Mᵉ Minstu traversait maintenant le palais en admirant les fresques qui ornaient le couloir prévu pour les visiteurs. Ces vestiges de différentes époques illustraient les grands moments de l'histoire du Soleil et avaient pour but d'en rappeler la grandeur. Le corridor n'était pas entièrement recouvert de tableaux : il restait quelques endroits, tout au bout, encore vides, laissant supposer que l'histoire n'était pas encore terminée et que les représentations d'autres péripéties grandioses allaient orner les murs. Mᵉ Minstu s'arrêta devant le premier espace vide et se demanda si la décision prise aujourd'hui serait représentée ici.

Elle se tenait là, songeuse, lorsqu'elle entendit des pas. Elle reconnut tout de suite Xian Qi, la fille unique d'Asumi Qi, l'ambassadrice du Soleil sur Terre. Née noble, elle avait plané au-dessus du peuple sans jamais s'y frotter. D'ailleurs, Xian signifiait « raffinée », comme s'il était prévu qu'elle ne touchât jamais quoi que ce soit de ses propres mains. Traditionnellement, les habitants du Soleil avaient l'habitude de présenter leur nom de famille avant leur prénom, mais une vague de mondialisation avait uniformisé le tout. Même les grandes familles, comme les Qi, respectaient maintenant cette entente internationale.

Les deux aristocrates s'inclinèrent, comme le demandait l'étiquette, et se dirigèrent vers la salle centrale du premier niveau. Xian représentait sa mère, qui faisait partie des intellectuels convoqués aujourd'hui, mais à qui l'Empereur avait confié une tâche urgente. Elles étaient les deux dernières à arriver. Seul le monarque n'était pas encore dans la pièce : il ne paraîtrait que lorsque tout le monde serait installé, comme le voulait l'étiquette. Mieux valait pour ses sujets qu'il se tourne les pouces dans l'antichambre que d'avoir l'impression d'attendre devant ses convives.

Murakami IV entra dans la salle somptueuse où allait se dérouler la plus importante rencontre de son règne. Il fut bien évidemment le premier à prendre la parole et remercia les Douze d'être présents. Puis, il ressassa les faits. La situation sur Terre le préoccupait, les Rebelles, les infiltrations inévitables, le cas de Voile, l'opération Purification, les procès en cours et, surtout, la suite des choses, requéraient une attention diligente. L'Empereur s'assura que tous étaient du même avis, le sien. Il n'y eut aucune contre-argumentation et tous abondèrent dans le même sens. Leurs longues tirades visaient plutôt à se convaincre eux-mêmes que leur décision, déjà prise, était la bonne.

Murakami IV justifia donc les tenants et les aboutissants, satisfait que les Douze acquiescent à chacune de ses paroles.

L'opération Purification avait été un franc succès, le Réseau était complètement démantelé. Pour mettre fin, sans équivoque, aux menaces des Rebelles, il fallait empêcher ces derniers de trouver une nouvelle stratégie pour pénétrer sur Mori et faire de la propagande. Une seule option s'offrait au pôle du Soleil.

Il lui fallait abandonner la Terre.

EXTRAIT D'UN LIVRET HISTORIQUE DE LÉA FLAMAND

SE PRÉPARER À LA GUERRE

Rien ne permettait de croire qu'après des siècles sans conflit armé, trois pôles pourraient s'organiser ensemble et coordonner leurs attaques. Quatre éléments expliquaient cette « réussite ».

Tout d'abord, le métier de militaire n'avait jamais cessé d'être exercé. Certains justifiaient cela par la prudence, d'autres par la peur, mais tant et aussi longtemps qu'il existerait une armée chez l'adversaire, aucun pôle ne serait prêt à dissoudre la sienne. À de nombreuses reprises, L'ONU avait envisagé la dissolution simultanée de toutes les armées, mais aucune résolution n'avait jamais été adoptée.

Ensuite, le matériel de guerre n'avait pas été détruit. Les armes, les chars, les munitions et les habits de combat étaient tous entreposés dans de grands hangars à la portée des armées. La fabrication de matériel de guerre était une solution facile lorsque l'économie d'un pôle commençait à tourner au ralenti. Puisque tout ce qui était produit n'était pas utilisé, les réserves en armement débordaient des entrepôts. De plus, les ressources technologiques n'avaient cessé d'évoluer. Par exemple, les systèmes de télécommunications sécurisées, jadis créés pour et par l'armée, étaient toujours en place et de nouvelles innovations étaient apparues, améliorant la vitesse de transmission et donc le temps de réponse.

Le quatrième et dernier élément était lié à la motivation. Les humains, fondamentalement, aimaient guerroyer. De tout temps, ils avaient eu et possédaient toujours l'instinct de conquête et de survie. Il s'agissait seulement que des êtres intrinsèquement hostiles prennent les rênes d'une organisation et que l'on mette à leur disposition les ressources humaines, matérielles et technologiques nécessaires. Des affrontements étaient alors prévisibles. C'est ce qui se passa en l'an 85 de l'ère de l'Expansion.

V
La décision
de Léa Flamand
Année 85 de
l'ère de l'Expansion

Les quatre interlocuteurs se regardaient en silence. À tour de rôle, ils avaient longuement exposé leur position sur le sujet. Chaque pôle avait pris sa décision. Une seule chose était sûre : il fallait agir, car le Soleil était en train d'évacuer la Terre.

Olivier Miron

Le représentant de l'Union transeuropéenne regardait couler le fleuve par-delà sa fenêtre, en plein cœur de son village natal. Son regard vague se perdait dans les remous imprévus qui heurtaient au passage le pont qui le traversait. Il s'était toujours considéré comme une personne fondamentalement triste, en tout cas trop facilement affectée par le malheur d'autrui. Par chance pour sa carrière, il le cachait bien en public. Sans cette fine habileté à ne laisser transparaître que ce qui l'avantageait politiquement, il n'aurait jamais pu aspirer à devenir ambassadeur. En observant le Rhin qui coulait devant lui, il était cependant plus résigné que triste. Résigné à rendre compte de l'avis – qu'il ne partageait pas – du peuple qui l'envoyait.

Olivier Miron gravit les quelques marches qui menaient sur le toit. Il ne s'y rendait qu'en de très rares occasions, pour s'adonner en secret à un vice majeur : il fumait la cigarette. Il en grillait peut-être une par mois, au maximum, mais son habitude restait humiliante pour un homme de son rang. Il ne savait que trop à quel point il se ferait juger si on le prenait sur le fait : par ses proches certes, mais aussi par le public. Fumer était vulgaire. Il serait probablement destitué. C'est pourquoi il préférait en allumer une en secret, là où le vent allait chasser toute odeur et où il serait à l'abri des caméras de surveillance urbaine. Il savourait donc son demi-bâton de tabac, en regardant l'eau couler en direction du Rhin.

Il repensait aux deux dernières semaines qu'il venait de passer : quatorze jours de consultations intenses, mais obligatoires vu l'urgence de la situation mondiale. Les dirigeants de toutes les régions de l'Union transeuropéenne étaient venus à Strasbourg pour exposer leur position sur le fait que le Soleil évacuait la Terre non seulement avec sa population, mais aussi avec le secret technologique de la téléportation. Ils avaient débattu du matin au soir, pendant ces quatorze jours, sans jamais arriver à un consensus. Pourtant, une décision devait être prise et elle l'avait été. Ce n'était pas la décision qu'il avait souhaitée, mais à titre d'émissaire, il allait témoigner en faveur de ce qu'avait décidé son pôle, par une très faible majorité.

Sa cigarette terminée, Olivier Miron s'essuya les mains avec une lingette hyper-odorante, pour masquer toute trace de sa dépravation. Il redescendit prendre la mince mallette laissée sur la table du café où il venait de relaxer un peu. C'était son seul bagage. Il quitta le bistrot à pied et emprunta la rue qui montait vers la nouvelle gare inaccessible au commun des mortels, d'où partait le train à très grande vitesse qui le mènerait au centre-ville de Bordeaux. Son TTGV privé allait faire le trajet en moins de vingt minutes, juste assez pour qu'il se perde de nouveau dans ses pensées.

Il n'arrivait pas à croire qu'il allait se faire l'avocat de cette folie. Une fois à Bordeaux, il rencontrerait les ambassadeurs de l'Étoile d'Amérique et de l'Alliance du Sud, dans une séance orchestrée par la plus haute déléguée des Nations Unies. Les trois ambassadeurs devaient présenter l'opinion de leur peuple respectif et dévoiler le plan d'action de leur pôle. Les deux semaines qui venaient de se terminer avaient préparé une conclusion draconienne : l'Union n'allait pas laisser le Soleil quitter la Terre avec le secret de la téléportation. Elle était prête à entrer en guerre.

Entrer en guerre ! Depuis près de trois cents ans, il n'y avait pas eu de conflit armé entre les pôles. Les gens ne savaient plus ce qu'était la guerre. Si Olivier était une personne fondamentalement triste, il avait de quoi être atterré en ce moment. Mais il gardait tout cela pour lui, comme il savait si bien le faire, et il souriait en regardant le paysage défiler le long du TTGV, qui accélérait au travers de la dense forêt tempérée.

Il arriva à Bordeaux dans les délais prévus et sa navette privée l'attendait sagement. Il était si épuisé qu'il s'endormit quelques minutes sur la banquette arrière, le temps de mettre son appréhension en images, par le biais d'un micro rêve. Il se réveilla en sueur : l'humain allait-il vraiment retomber dans ses travers barbares et se consumer dans la violence ? Il devait prendre de la distance par rapport à ses propres opinions et mettre à l'avant-plan son talent d'acteur, pour être crédible à l'annonce de la position de son pôle.

Il arriva le quatrième à la rencontre. La réunion pouvait commencer.

Leïla Jaber

L'ambassadrice de l'Alliance du Sud avait adoré le repas. Son époux avait de grands talents culinaires et méritait tous les éloges :

— Incroyable, mon amour ! s'écria-t-elle, la bouche encore pleine d'un mijoté de boulettes de viande en sauce aigre-douce. Tu es incontestablement (et pourtant j'aime bien contester, tu me connais) le meilleur cuisinier de toute l'Alliance ! De tout notre pôle, je te l'affirme ! Même que dans tous mes voyages (et je ne m'en prive pas, tu le sais), je n'ai jamais rencontré de chef qui t'arrive à la cheville. Tes sauces sont uniques ! Ouf ! Tout est parfait, j'insiste (et je suis sérieuse) : tu donnes aux mélanges de saveurs une touche inégalable !

— Merci Leïla, répondit humblement l'époux habitué à ce genre de tirade. Ça me fait toujours plaisir de voir que tu apprécies.

— Oh, mais ne crois pas que je dis ça juste pour te faire plaisir, renchérit Leïla, comme si elle n'avait pas repris son souffle. Tu es un dieu culinaire ! Je vais m'ennuyer de toi (et pas juste pour la nourriture !), comme je le fais chaque fois. Au moins, cette réunion-ci ne devrait pas être trop longue. Quelques jours, je présume.

— Tu vas à Bordeaux, c'est bien ça ? demanda le dieu culinaire qui avait de la difficulté à mémoriser tous les déplacements d'affaires de sa femme.

— Oui, poursuivit Leïla en se demandant s'il ne restait pas un peu de mijoté qu'elle pourrait terminer. J'y rencontre les ambassadeurs de l'Étoile et de l'Union (mes homologues si tu veux) pour une réunion assez importante. Tu te souviens sur quoi je travaille, ces temps-ci ?

– Oui, je sais, confirma le jeune homme dans la vingtaine avancée, tout le monde ne parle que du fait que le Soleil quitte la Terre, partout dans les médias.

– Mais personne ne parle de la proposition de notre gouverneur. Personne n'en parle, car personne n'est au courant (sauf moi, bien sûr, et la dizaine de personnes qui ont participé à son élaboration). Je n'ai aucune idée de ce qu'en diront les autres pôles (je vais reprendre un peu de boulettes, finalement), mais je préfère être le messager d'une solution non belliqueuse plutôt que l'émissaire d'une autre vision !

– Honnêtement, ma chérie, si je me fie à ce que j'entends dans les médias, ils risquent fort d'attaquer le Soleil. L'opinion publique est très claire dans les deux autres pôles.

– Je sais, mon cœur, et j'ai été étonnée que l'opinion ne soit pas aussi tranchée au sein de l'Alliance, mais si tu veux mon avis (de toute façon, je vais te le donner et ça, je sais que tu le sais), c'est pour des raisons historiques que l'Alliance est si frileuse. On est le dernier pôle qui, lors des croisades musulmanes de 2050 de l'ère précédente (tu sais que j'aime insérer des dates dans la conversation, hein !), a mené des attaques armées. Je pense (mais ce n'est que mon avis) que notre peuple ne veut simplement pas être le premier à retourner au combat.

– Et tu n'as toujours pas le droit de me dire la proposition qui est sortie du Conseil de notre gouvernement et que tu vas présenter ? demanda l'époux, par curiosité.

— Toujours pas, répondit Leïla, avec le sourire d'une femme qui avait de la difficulté à tenir sa langue et qui savait qu'elle allait s'échapper.

Unique moment de silence d'un délicieux souper.

— Mais comme je pars demain matin (il ne faut pas que j'oublie de faire mes bagages d'ailleurs), j'imagine que je peux t'en révéler les grandes lignes (je te connais, tu sais garder un secret d'État et on sait tous les deux que ce n'est pas la première fois que je m'échappe !). Donc, notre proposition consiste en un ultimatum au Soleil pour éviter d'entrer en guerre. Nous acceptons qu'il quitte la Terre grâce à ses téléporteurs, mais voulons qu'il nous en laisse un derrière, que nous pourrons étudier pour en découvrir le fonctionnement. Si les autres pôles sont d'accord, le Soleil aurait un mois pour accepter ce marché (offre généreuse, si tu veux mon avis personnel).

— Le Soleil n'acceptera jamais de nous laisser sa science, même après le départ de sa population, objecta le jeune époux de l'ambassadrice.

— Merci de ton encouragement et de ta confiance à l'égard des stratégies de ton gouvernement, répliqua Leïla, plus par ironie que par reproche. Je ne suis pas naïve, je sais combien mince est la possibilité d'un tel accord, mais s'il représente une chance d'éviter un conflit armé, proposons-le ! Au mieux (ou au pire, selon le point de vue), nous aurons un mois pour trouver une autre idée. Si les autres pôles (vraiment, ton mijoté est un régal !) se lancent en guerre, nous ne pourrons plus revenir en arrière.

— Et si les autres pôles refusent notre proposition et attaquent ? s'enquit le mari, en tentant de sauver une portion du mijoté pour son dîner du lendemain.

— Eh bien, notre gouvernement va aller dans le même sens, répondit plus tristement Leïla. Nous ne pouvons être les seuls à rester inactifs. Si les deux autres pôles décident d'aller au front (ce qui, hélas, est très possible), et si nous voulons notre part du gâteau, nous devrons suivre. C'est pour ça que je dois être bonne vendeuse (et on s'entend que c'est en grande partie pour mon talent d'élocution que j'ai eu ce poste).

— Je comprends, mon amour, confirma le jeune homme. Je vais penser à toi et je vais m'ennuyer très fort.

Leïla Jaber et son mari se couchèrent tôt cette nuit-là. Selon leurs calculs, quelques mois plus tard, c'est cette nuit-là qu'ils conçurent leur premier enfant.

Comme de raison, Leïla n'avait pas pris le temps de faire ses bagages la veille et dut les faire en vitesse, au petit matin. Son chauffeur privé était un homme dévoué et ne montra aucun signe d'impatience, même si leurs chances d'arriver à l'heure à l'aéroport avaient grandement diminué. Sur le pas de la porte de sa luxueuse demeure, elle embrassa longuement son époux adoré. Le chauffeur était un homme discret et s'abstint de les regarder. Il n'était pas facile de rouler dans les rues du Caire à l'heure de pointe, particulièrement lorsqu'on voyageait dans une limousine sport, montée sur des roues légèrement surdimensionnées. Ce n'était pas le genre de véhicule qui pouvait se faufiler facilement. Manquer le vol eût été normal, mais le chauffeur de Leïla était un homme habile et connaissait bien sa ville.

Leïla Jaber profita donc d'un siège en première classe pour son court vol de trente-cinq minutes vers Bordeaux.

Elle fut la troisième au lieu de rencontre. Puis, arriva Olivier Miron et la réunion débuta.

Edwards Davis

Le représentant de l'Étoile d'Amérique habitait San Francisco depuis maintenant trois ans. Son poste d'ambassadeur l'avait obligé à quitter son Vermont natal. Il n'avait pas à se plaindre : tant sa femme que ses trois enfants adoraient leur nouvelle vie. Edwards Davis était un grand défenseur de la démocratie. L'idée de créer des groupes de discussion pour décider de la réaction de l'Étoile face au conflit actuel était de son cru. Les trois comités étaient des mélanges hétéroclites d'érudits et de politiciens de toutes sortes, approuvés par son gouvernement.

Le premier comprenait six individus immuables, dont les avis étaient toujours clairs et tranchés, sans ambiguïté. Ces gens d'expérience croyaient sans équivoque en leurs convictions. Ils étaient très patriotiques et ne pouvaient laisser l'Étoile perdre définitivement l'accessibilité à l'espace. Lorsque les six érudits prirent leur décision, au bout des trois jours de discussions, ils proposèrent d'entrer en guerre contre le Soleil. Personne ne souhaitait cette conclusion, mais c'était, selon eux, la bonne décision à prendre. Au courant des idéologies et des personnalités réunis devant lui, Edwards Davis s'était douté de cette conclusion imminente. Il fut même surpris que le groupe prenne trois jours avant d'en arriver à une proposition unanime.

Le deuxième groupe était composé d'intellectuels plus souples : leurs propos étaient beaucoup plus nuancés et ils ne se positionnaient jamais clairement. Il leur fallut donc cinq jours pour s'entendre sur une décision. Les conversations s'éternisèrent sans que personne n'ose se mouiller. On survolait les possibilités tout en omettant de parler de conflit armé. Si bien qu'après le délai imposé pour arriver à un avis commun, les six dignitaires durent faire un choix très peu engageant. Ils optèrent pour le statu quo : l'Étoile tenterait encore de convaincre le Soleil de revenir sur sa décision d'abandonner la Terre, mais sans faire de menaces. Encore une fois, Edwards Davis aurait pu prédire le résultat.

Ayant volontairement distribué les plus radicaux dans le premier comité et les plus mous dans le deuxième, il avait consciemment remis la décision ultime de l'Étoile entre les mains du dernier groupe de discussion. D'ailleurs, il avait restreint le nombre de membres à cinq. Un chiffre impair allait départager les voix, par vote secret si nécessaire. Il était maintenant en réunion, assis avec cette tablée qui en était à sa quatrième journée de délibération. Le plus volubile du groupe, un homme chauve à lunettes, relançait les autres :

— Le seul élément qu'il faut arrêter de mettre de l'avant est la possibilité que nous découvrions nous-mêmes la technologie de la téléportation. Il a déjà été démontré, dans mille rapports ou études, que le contexte d'avancement scientifique dans lequel le Soleil a fait cette découverte n'existe plus. La seule façon d'avoir accès à l'espace, ce dont nous avons inévitablement besoin étant donné l'accroissement grandissant de la population dans le système fermé qu'est la Terre, est que le Soleil nous en révèle le secret. Autrement, nous serons confinés sur notre planète épuisée. Comme l'Histoire l'a prouvé maintes fois, le Soleil refuse. Il faut donc se l'approprier de force, c'est inéluctable.

– Mais on n'est même pas équipés pour faire la guerre, coupa un collègue. On possède encore des armes et des avions, mais plus de stratégie militaire.

– Laisse quelques mois à l'humain et il trouvera une façon de faire le mal, lâcha sèchement un autre dignitaire. Évacuer la Terre prendra au moins un an au Soleil, on a tout le temps d'établir notre stratégie.

– Mais au-delà de ce genre de considération, intervint la personne assise en face, vous voulez vraiment que l'Étoile d'Amérique soit le peuple à qui l'Histoire associera le retour des guerres sur la Terre ?

– Évidemment que non, on s'entend là-dessus, s'insurgea le quatrième individu, mais c'est la seule façon de ne pas s'enfermer sur Terre.

– Il y a peut-être une solution, proposa celui qui n'avait pas encore parlé. Nous saisissons tous l'importance du secret de la téléportation et savons que la seule façon de l'obtenir est d'exercer une pression militaire sur le Soleil.

– À moins, lança l'homme chauve, que le Soleil n'accepte…

– Mais ça n'arrivera pas, coupa le précédent, qui savait que même l'homme chauve n'y croyait pas vraiment. D'un autre côté, je suis d'accord avec le fait que l'image de l'Étoile dans l'Histoire serait grandement entachée si nous étions les premiers à encourager le recours aux armes dans le conflit. Or, nous sommes tous conscients que l'opinion publique, dans l'Union transeuropéenne comme chez nous, est incontestablement en faveur de la guerre. Je propose donc de nous positionner comme un allié de l'Union et de suivre leur décision.

— Wow, ça ferait de nous de grands leaders ! lança ironiquement un autre membre.

— Non, nous ne serons pas vus comme les leaders, reprit l'homme qui prenait de l'assurance, mais nous saisirons de force le secret des téléporteurs, sans être la source du conflit militaire.

Edwards Davis savait que cette proposition venait marquer le pas à la dernière journée de réunion. En effet, malgré quelques tirades et pointes salées, le groupe finit par admettre que c'était la meilleure solution.

C'est donc armé de cette proposition que l'ambassadeur prit l'avion pour Bordeaux, où il devait rencontrer ses pairs. Il fut le deuxième à arriver à la rencontre.

Puis, vint Leïla Jaber, suivie d'Olivier Miron et la réunion commença.

Léa Flamand

La diplomate était l'une des rares personnes étrangères au Soleil d'Orient à avoir vu de ses yeux à quoi ressemblait un téléporteur. En raison de son statut privilégié aux Nations Unies, elle avait été invitée, une mémorable fois, à visiter celui de Tokyo, le plus grand de tous. Il s'agissait d'une immense salle, qui pouvait contenir entre mille et dix mille personnes, autour de laquelle était installée la pièce maîtresse de cette technologie : le

Numériseur-Désintégrateur-Régénérateur (NDR). Cet impressionnant canon modélisait la matière pour la déplacer sur de grandes distances. Il fallait environ dix minutes au NDR pour une opération de téléportation, peu importe la distance sur laquelle les gens étaient transportés.

Léa Flamand n'avait évidemment pas vu l'autre côté des Explorateurs, sur Mori. Elle avait appris, toutefois, que l'arrivée se faisait dans des salles d'accueil semblables à celles de départ et qu'après un court séjour dans un espace de récupération, les gens étaient dirigés vers des installations douanières. La téléportation de masse pouvait donc être faite assez rapidement, même pour de grandes populations. Elle le savait et elle s'en inquiétait. C'est en pensant à son prochain livret historique qu'elle regagnait ses appartements. Aurait-elle à raconter le pire ?

Depuis qu'elle était devenue la plus haute déléguée de l'ONU, elle n'avait eu d'autre choix que de s'installer à Genève, en plein centre-ville. Dans son humble logement, directement au bord du lac Léman, elle prépara ses bagages pour se rendre à Bordeaux. En effet, après la décision du Soleil d'évacuer la Terre, les Nations Unies avaient demandé aux trois autres pôles de se positionner, dans un court délai de deux semaines. Léa allait aujourd'hui rencontrer les émissaires de ces peuples. La jeune déléguée n'avait aucune idée des décisions qu'ils avaient prises. Elle écoutait bien les médias et connaissait l'opinion publique, mais qu'allaient dire les gouvernements ? Elle envisageait la possibilité du retour à la guerre et l'appréhendait, principalement pour deux raisons.

D'abord, la guerre était la guerre ! Depuis longtemps déjà, aucune bataille n'avait causé des masses de blessés et de morts. Les gens n'avaient plus conscience des répercussions que de telles hostilités déclencheraient. La seconde raison était beaucoup plus personnelle. Depuis son enfance, elle savait qu'un peuple, le Soleil, était en train de découvrir l'espace. Elle avait toujours rêvé d'en faire autant et d'être parmi ceux qui découvriraient la Galaxie. À l'instar de son équipe aux Nations Unies, Léa craignait qu'un conflit armé ne produise l'inverse de l'effet espéré : que le Soleil ferme irréversiblement ses portes et abandonne définitivement les autres pôles sur Terre. Mais elle n'allait pas prendre la moindre décision. Elle n'était que l'organisatrice de la réunion des ambassadeurs.

À une époque où dominaient les visioconférences, il était extrêmement rare de se déplacer pour tenir des réunions. Cela n'arrivait qu'en de rares occasions, pour des rencontres historiques. Or c'était le cas aujourd'hui. Lorsque la diplomatie nécessitait des déplacements, la tradition voulait que le lieu de la réunion soit un endroit symbolique. D'ailleurs, la dernière assemblée avait eu lieu dans une salle construite aux abords de la pyramide de Khéops. Cette réunion avait eu pour thème l'avancement de l'architecture mondiale, afin de pallier le problème de surpopulation. Ce lieu, l'un des plus anciens exploits architecturaux, était donc tout à fait approprié. Évidemment, lors de cette réunion cinq ans auparavant, les ambassadeurs des quatre pôles avaient été conviés. Cette fois, Léa avait choisi une pièce aménagée sous le miroir d'eau de Bordeaux. La réunion devait être le reflet de trois peuples, l'image forte renvoyée au Soleil.

Elle descendit à Bordeaux au bout d'une trentaine de minutes en train aéroglisseur et se rendit à la salle directement, préparer l'accueil des ambassadeurs. La pièce était entièrement éclairée de néons, mais les filtres donnaient l'impression de se trouver à la lumière du jour. Tout pour être confortable. Son rôle était d'animer la réunion et d'en produire le compte rendu. Tout était prêt en prévision d'une plaque tournante pour l'humanité.

Le premier à se présenter fut Edwards Davis, l'ambassadeur de l'Étoile d'Amérique, que Léa avait vu par visioconférence, mais jamais face à face. Elle le connaissait de réputation : discret, mais très brillant. Puis arriva Leïla Jaber, l'ambassadrice de l'Alliance du Sud. Léa l'avait rencontrée une fois en personne et se souvenait de ses tirades éloquentes et persuasives. Finalement, se pointa Olivier Miron, l'ambassadeur de l'Union transeuropéenne, que Léa avait croisé en plusieurs occasions. Elle remarqua qu'il était incapable de masquer son inquiétude. Ses sourcils tendus témoignaient d'une angoisse palpable, ce qui mit Léa mal à l'aise puisqu'elle avait, elle aussi, de grandes appréhensions par rapport aux heures qui allaient suivre.

Les quatre dignitaires prirent place dans de luxueux sièges en chrome et la réunion se mit en branle. Léa Flamand avait la conviction que cette rencontre au sommet allait nécessiter l'écriture de plusieurs de ses livrets historiques.

Nombre de jours avant la fin : 250

Les quatre interlocuteurs se regardaient en silence. À tour de rôle, ils avaient longuement exposé leur position et défendu leur point de vue. Une seule chose était sûre : il fallait agir, car le Soleil était en train d'évacuer la Terre. Léa Flamand ne mit que quelques minutes à terminer le procès-verbal de la rencontre. Elle prit une bonne inspiration et relut à voix haute la position des trois pôles, pour s'assurer que les mots choisis étaient exacts et approuvés par les ambassadeurs.

– Tout d'abord, l'Étoile d'Amérique a choisi de se rallier à la décision de l'Union transeuropéenne, en tant qu'alliée économique et politique de longue date et compte tenu des valeurs partagées, tant sur le plan des prises de position dans l'actualité que dans une perspective historique. Une stratégie commune lui paraît appropriée.

« De son côté, l'Union a pris la décision sans équivoque et irréversible de se lancer en guerre contre le Soleil. Les préparatifs d'armement seront entamés dans les prochains jours. Par conséquent, l'Étoile d'Amérique prendra elle aussi les mesures nécessaires, dans le but de livrer un combat contre le Soleil.

« L'Alliance du Sud a proposé que les trois pôles lancent d'abord au Soleil un ultimatum exigeant qu'il laisse un téléporteur à la disposition des autres pôles. Cette proposition a été rejetée par l'Union, vu l'urgence d'agir, et par l'Étoile, à titre d'alliée économique et politique de longue date respectueuse des valeurs communes des deux pôles. Devant le rejet de sa proposition, l'Alliance adhère au plan d'action et amorcera ses préparatifs afin de lancer un assaut militaire contre le Soleil. »

Leïla Jaber brisa le silence qui suivit la lecture de cette partie du procès-verbal :

— Comme je vous l'ai dit plusieurs fois (et mon but n'est pas uniquement de me répéter, vous verrez où je veux en venir), mon gouvernement va s'engager à cent pour cent dans l'attaque globale contre le Soleil. Cependant, nous avions un grand espoir que vous accepteriez notre proposition et donc (et c'est là que je voulais en venir), nous n'avons pas entrepris le moindre processus d'armement.

— Nous non plus, ajouta très honnêtement Olivier Miron.

— Ça, j'en doute, coupa Leïla, sans reprendre son souffle. Il est possible que vous ne soyez pas au courant (or je n'en doute pas, je ne doute d'ailleurs jamais de votre intégrité dans notre relation, soit dit en passant), mais je crois que les gouvernements (autant pour l'Union que pour l'Étoile) ont pris un peu d'avance à ce niveau (et ce n'est pas mauvais). Je ne veux pas du tout vous critiquer (ce que je fais très rarement, vous savez bien), mais je veux rappeler que nous aurons besoin d'au moins quatre mois (cela nous mènera donc en janvier) avant d'être prêts à entreprendre une attaque.

— Je crois que mon gouvernement sera satisfait que les trois pôles tentent une invasion commune et trouvera ce délai très raisonnable, conclut Olivier Miron, sans sourire.

Il fut d'ailleurs le premier à se lever pour mettre fin à cette réunion qui avait prouvé la justesse de toutes ses craintes. En fait, c'était pire que ce qu'il avait imaginé : non seulement la Terre se remettait en guerre, mais en plus, par un concours de circonstances et de stratégies, son propre pôle était l'initiateur de la catastrophe !

L'Union transeuropéenne devenait la source de l'approbation de la guerre.

Il sortit rapidement de la salle et regagna le centre touristique de Bordeaux. Il trouva un coin tranquille, à l'abri des caméras de surveillance urbaine, et fuma sa deuxième cigarette dans la même semaine.

Edwards Davis était content de la tournure de la rencontre. Il allait revenir à San Francisco avec le résultat attendu de son gouvernement. Il quitta la salle en compagnie de Leïla Jaber et fit route avec elle jusqu'à l'aéroport. Cette dernière était plutôt ambivalente : elle avait perdu, mais avait prévu le résultat de la réunion.

Léa Flamand resta seule à méditer dans la salle. Elle pensait à l'avenir, le sien et celui de la Terre. Après trois cents ans de paix mondiale, une guerre allait éclater.

* * *

Le 1ᵉʳ janvier 85 de l'ère de l'Expansion fut décrit dans les livrets historiques de Léa Flamand comme le début de la période des dîners. Elle aurait aussi pu la nommer « le retour à la guerre », mais elle trouvait l'expression plus accrocheuse. La plupart des décisions cruciales se prirent effectivement lors de dîners gastronomiques entre des protago-nistes importants.

À peu près personne ne se réjouissait de ce retour à la guerre.

Sauf quelques exceptions, comme le général Émilien Poirier.

Nombre de jours avant la fin : 60
Dîner du 20 mars entre Olivier Miron
et le général Poirier

La Nouvelle-Calédonie, au nord-est des terres australiennes, était l'île appartenant à l'Union la plus près de la limite sud du territoire du Soleil. C'est donc dans cette région qu'Olivier Miron avait convoqué le général Émilien Poirier pour être mis au fait de la situation. Ils partageaient un copieux repas au sommet d'un ancien phare, que l'on nommait le Phare Amédée, au cœur d'un minuscule îlot du même nom, à proximité de la Grande Barrière de corail. Cet ancien lieu touristique était maintenant interdit au public et réservé aux nobles et aux dignitaires.

Le général dirigeait les troupes de l'Union. Il n'avait aucune expérience militaire, puisque personne n'en avait, mais il avait un désir sincère de faire la guerre. Non que les affrontements le fissent vibrer, mais l'élément stratégique de la planification des assauts le passionnait. Les attaques contre le Soleil étaient perpétrées sans interruption depuis quelques semaines et, pour l'instant, il était plutôt déçu de la tournure de cette guerre. Il ne cacha pas sa déception et s'insurgea, avant même d'entamer le potage qu'on venait de lui servir :

– La guerre est trop timide ! C'est très clair qu'on ne veut pas faire mal à l'adversaire. Je ne suis pas un sadique, mais on ne sera pas crédibles si on continue avec cette tactique. Le choix des îles indonésiennes pour nos premières invasions en témoigne : on cible les endroits où il y a le moins de gens possible, voire les seules régions encore un peu sauvages des terres du Soleil. Pire que ça, on les prévient avant d'attaquer !

— Pour leur donner le choix de se rendre ou d'évacuer l'île, dit simplement l'autre, sur le ton de l'ambassadeur qui répond de son gouvernement.

— Oui, oui, je comprends le principe, reprit le général, exaspéré d'entendre toujours les mêmes arguments. Résultat : le Soleil évacue chaque région une par une et ramène sa population vers le centre du pôle. On prend une île à la fois, en se battant contre quelques patriotes amoureux de leur terre ancestrale. La plupart des gens sont partis sans se presser ! Tenez ! S'ils nous demandaient de leur laisser un week-end pour sortir une dernière fois dans leur bar préféré, notre bon gouvernement leur accorderait un sursis !

— Vous exagérez, là, coupa Olivier Miron en trempant un morceau de pain de blé dans son potage de navet à l'érable.

— À peine ! s'exclama le général, qui n'avait toujours pas eu la chance de goûter au sien, tellement il s'emportait. Une guerre efficace ne saurait se passer de l'aspect psychologique. Un climat de peur doit s'installer. Pour l'instant, on ne fait que des attaques planifiées et annoncées.

— Je comprends votre point de vue, général Poirier, mais nous avons plus ou moins le choix. C'est une opinion publique changeante qui dicte la plupart de nos actions. Il y a six mois, lorsqu'on a pris la décision d'aller en guerre, le peuple avait tellement peur de renoncer au secret des téléporteurs qu'il était, à environ quatre-vingt pour cent, en faveur d'un assaut armé contre le Soleil. Plus les semaines ont avancé et plus, avec les prépara-tifs de guerre, le peuple a compris vers quoi on se dirigeait. Au début de janvier, lorsqu'on a lancé les premières attaques, l'opinion publique avait significativement évolué, au point que seulement cinquante-cinq pour cent des gens étaient toujours en faveur de la guerre. Il ne faut donc pas verser le sang abusivement, sinon on n'aura même plus l'accord de nos compatriotes, vous comprenez ?

– Oui je comprends, répondit le général, las de l'explication qu'il connaissait par cœur, mais voyez le résultat : nous ne faisons que faciliter le pèlerinage des habitants du Soleil vers Tokyo. Le but du conflit armé était de les soumettre à nos demandes. Pour l'instant, on accélère leur marche vers les téléporteurs et donc vers l'exil ! Ils sont peut-être des dizaines de millions à se faire téléporter vers Mori chaque semaine !

Olivier Miron fit une pause avant de répondre. Il voyait clairement que Poirier voulait en savoir un peu plus sur les ordres à venir. Il n'était pas fermé à lui dévoiler la suite des choses, surtout que la stratégie allait probablement plaire au général. Il attendit tout de même que la seconde entrée, une aile de canard braisée, lui soit apportée.

– On prévoit un renversement de tendance, commença l'ambassadeur, en humant son oiseau encore fumant. Depuis que l'on mène les assauts que vous décrivez comme timides, l'opinion publique s'est stabilisée. Plus les habitants du Soleil vont déménager au centre du pôle et se téléporter massivement vers Mori, plus les habitants de l'Union vont comprendre que l'espace est en train de leur échapper. Quand l'opinion nous sera redevenue favorable, vous aurez toute la liberté de mettre en œuvre ce que vous qualifiez de vraies attaques.

« Et si vous voulez en savoir encore un peu plus sur la situation mondiale, sachez qu'il se passe exactement le même phénomène dans les deux autres pôles. L'Alliance du Sud, qui envahit présentement la région de l'Inde, et l'Étoile d'Amérique, qui marche sur la Mongolie, le font avec autant de retenue que nous.

« Nous menons nos attaques sur trois fronts et les régions s'évacuent de jour en jour. La densification au cœur du Soleil se fait au rythme convenu avec mes homologues. Au moment opportun, nous serons plus agressifs. »

Les dernières phrases de Miron avaient redonné faim au général, qui engouffrait maintenant son canard un peu trop vite, d'ailleurs, pour en apprécier les arômes. Il comprenait que les prochains mois allaient être excitants, enfin.

— Je suis bien content d'entendre ça, reprit-il, après avoir délogé de façon très peu gracieuse les morceaux emprisonnés dans les interstices de ses dents plutôt croches. J'aurais seulement un léger bémol. Pour l'instant, les militaires du Soleil ne défendent pas vraiment leurs territoires, car ils sont trop peu nombreux. Ils sont là davantage pour aider à l'évacuation des gens. Plus on va concentrer le Soleil vers le centre du pôle, plus il y aura de militaires au kilomètre carré. Ayant moins de territoires à défendre, ce sera beaucoup plus facile pour le Soleil de se protéger contre l'envahisseur.

— Et vous craignez cette éventualité ? demanda Olivier en souriant.

Émilien Poirier sourit aussi. Tout était dit, il était satisfait.

Le diplomate de l'Union transeuropéenne fit plusieurs fois le tour de l'îlot du Phare Amédée avant de repartir dans son hydravion privé. Il avait besoin d'être seul, comme cela lui était arrivé beaucoup trop souvent ces derniers mois. La conversation avec le général s'était déroulée exactement comme prévu : il était maintenant plus motivé que jamais. Olivier Miron avait joué parfaitement les répliques qu'il avait préparées. Rien de ce qu'il avait dit n'était faux, tout était conforme aux plans réels de son gouvernement.

C'était seulement sur une base personnelle qu'il n'approuvait rien de tout cela, ni la déclaration de guerre, ni les attaques. Être ambassadeur en temps de guerre le dégoûtait. Il fuma sa quatrième cigarette de la semaine : sa santé psychologique n'était vraiment pas stable.

Nombre de jours avant la fin : 50
Dîner du 30 mars entre Léa Flamand, Asumi Qi et Xian Qi

Depuis leur création, un demi-siècle auparavant, cinq générations d'hologrammo-repas s'étaient succédé. Cette avancée offrait l'illusion de manger à la même table qu'un convive pourtant assis ailleurs dans le monde. Antérieurement, l'image de l'autre personne pouvait apparaître en direct, mais vous regardiez un écran.

Les hologrammes de première génération avaient réussi à refléter, en suspens au-dessus de la chaise où aurait été assis votre interlocuteur, une image avec un peu de relief. Vous vous voyiez donc à la même table, sans écran, mais le moindre déplacement risquait de déformer complètement l'angle de projection. En dépit de cet inconvénient, la technique fut extrêmement populaire et lança une mode. La génération suivante, celle qui marqua le plus les esprits, y intégra la troisième dimension. L'image de votre vis-à-vis était encore à demi transparente, voire ectoplasmique, mais il était possible de vous lever et d'en faire le tour, tout en conservant l'impression de sa présence réelle. Par la suite, les progrès techniques réalisés pour la qualité de l'image permettaient une projection bien réelle de l'invité : ni floue ni transparente. L'illusion d'être en compagnie de quelqu'un était à s'y tromper. Cette évolution du système s'accompagna d'un contexte économique avantageux qui permit de réduire de beaucoup les coûts de la technologie. C'est donc grâce à cette troisième génération que les hologrammo-repas se propagèrent dans le monde. De nombreux particuliers, en plus des entreprises, purent s'en permettre l'acquisition. À l'inverse, la quatrième génération – pourtant attendue sur le marché – ne fut pas très populaire. Les investisseurs avaient peut-être mis en vente un peu trop rapidement ce qui ne comportait essentiellement que des nouveaux gadgets, comme la possibilité d'inclure plusieurs invités à même un seul système. Les experts virent bien une amélioration de la réalité de l'image, mais le grand public ne vit pas la différence. On dut attendre une bonne dizaine d'années avant la sortie de la génération suivante, la cinquième et dernière à ce jour. Les hologrammo-repas dernier cri ne projetaient pas seulement l'image des invités, mais aussi l'ensemble de la salle de repas. L'illusion étant la même pour tous les invités présents, tout le monde avait l'impression d'être au même endroit.

Cependant, il y eut un point sur lequel aucune avancée technologique ne put mettre un terme, soit la conscience de ne pas avoir été invité en personne au repas. Léa Flamand en était bien consciente en acceptant de manger avec Asumi Qi et sa fille, Xian, via l'un de ces systèmes. La déléguée des Nations Unies ne pouvait oublier qu'elle n'était plus la bienvenue en terre du Soleil, malgré son titre.

— Voici ma fille Xian, lâcha le plus froidement possible la déléguée du Soleil, je ne crois pas que vous vous soyez déjà rencontrées.

— Je ne crois pas que nous ayons eu cette chance, répondit Léa aimablement, pour changer le ton de la conversation. Très heureuse de vous rencontrer, Xian.

La noble Asiatique de trente-cinq ans, aux longs cheveux placés comme s'ils avaient été sculptés sur sa tête, se contenta de sourire. Sans un mot de plus, les trois convives prirent place autour de la mince table de cristal projetée devant elles. Une fois les entrées reçues, d'immenses pétoncles grillés, Asumi Qi reprit la parole.

— À partir d'aujourd'hui, ma fille représentera le Soleil sur Terre. Je retourne sur Mori et ne reviendrai jamais. Xian va gérer nos relations, si minces soient-elles, avec vous pendant la fin du rapatriement de notre peuple.

Léa n'avait pas prévu cette entrée en matière. Elle était habituée de dialoguer avec Asumi Qi et, malgré la situation mondiale actuelle, elle savait trouver les mots pour se faire écouter par elle. Il lui faudrait rebâtir avec Xian la relation de confiance déjà établie avec Asumi.

Mais Léa se contenta de se tourner vers la fille unique de l'ambassadrice avec un sourire qui tentait de signifier qu'elle était enchantée de la situation. Celui que Xian lui rendit voulait plutôt signifier qu'elle était amusée de la situation. La dignitaire des Nations Unies la regarda et comprit pourquoi son prénom voulait dire *raffinée*. Tous ses mouvements, ses expressions et ses regards étaient précisément calculés pour convenir à l'étiquette.

Léa se dit que c'était son dernier repas avec Asumi Qi, et donc, sa dernière chance de lui faire la proposition qu'elle avait en tête.

— Comme on en a déjà discuté plusieurs fois, je ne tenterai pas de vous convaincre de ne pas abandonner la Terre ou de nous laisser un téléporteur, pour que nous puissions l'étudier.

— Et vous faites bien de ne pas récidiver ! approuva Asumi Qi. Pourquoi gâcher notre dernier dîner ensemble par une conversation que nous avons déjà eue !

— Effectivement, reprit Léa qui ne savait pas si sa nouvelle idée allait plaire davantage. Cependant, je continue de croire que les raisons qui vous poussent à nous laisser derrière, sans scrupule, sont périmées. Les gens qui vous ont confinés dans votre pôle par le traité de Tokyo, il y a plus de cent cinquante ans, sont morts depuis longtemps. Les dirigeants et les citoyens actuels des autres pôles sont beaucoup plus ouverts et ne méritent pas d'être abandonnés.

— Finalement, nous voilà retombés dans la même conversation, lâcha l'ambassadrice, en se renfrognant.

— Pas du tout, fit rapidement Léa, pour ne pas perdre l'intérêt de ses interlocutrices. Je crois que j'ai trouvé une façon de laisser aux trois pôles la possibilité de prouver leur politique d'ouverture.

Alors que la mère semblait totalement indifférente à ce qui allait être proposé, la fille parut intéressée.

— Donc, voilà, continua Léa sachant qu'elle arrivait au point culminant du repas. Vous continuez avec votre idée de base : vous partez pour Mori et vous détruisez les téléporteurs derrière vous. Cependant, vous emmenez avec vous un échantillon de la population de chaque pôle, un million d'habitants en tout par exemple, qui apprendra à vivre selon votre système. Lorsque vous serez convaincus de leurs bonnes intentions, ces peuples pourront décider de rapporter sur Terre le secret de la téléportation. Vous continuerez de tout contrôler, tant la téléportation que la colonisation de l'espace.

— Je vous coupe tout de suite, madame Flamand, l'interrompit Asumi Qi qui n'avait pas vouvoyé Léa depuis longtemps. Si je demeurais ambassadrice, il n'y aurait jamais la moindre personne d'un autre pôle qui utiliserait nos Explorateurs. Cela dit, je ne le suis plus depuis ce matin, ce n'est donc plus avec moi que vous devez négocier.

L'ex-ambassadrice se leva et quitta la salle. C'était très inconvenant de partir en plein milieu d'un repas diplomatique. Déstabilisée, Léa se retourna vers Xian Qi, qui n'avait pas encore dit le moindre mot. Cette dernière continua de déguster son thon fumé pendant de nombreuses minutes avant de relever la tête.

— Malgré nos différends, je vous respecte beaucoup, madame Flamand. Ma mère m'a beaucoup parlé de vous, en bien, je vous l'assure. Vous avez l'air très sincère. Je crois même que si une personne comme vous avait été à la tête des Nations Unies

     L'ère de l'Expansion

à l'époque du traité de Tokyo, il n'aurait jamais été signé. Vous en auriez compris l'injustice et les conséquences possibles, dont la situation actuelle. Mais vous n'étiez pas là. Nous devons donc tous assumer les conséquences historiques des gestes posés.

— Toute conséquence peut être modifiée par le pouvoir actuel, reprit doucement Léa, qui avait cessé de manger pour écouter la nouvelle ambassadrice. Il faut trouver la façon de respecter nos prédécesseurs, en préparant l'avenir de la meilleure façon possible.

— Vos paroles sont brillantes, reprit Xian qui avait, elle aussi, arrêté de manger, et vos idées sont justes. Mais n'oubliez pas mon titre d'ambassadrice et non de dirigeante. Même en accord avec vos propos et votre vision de l'avenir, je sais bien que votre proposition ne sera jamais acceptée par notre gouvernement. J'étais présente dans le palais suspendu de l'Empereur lorsque la décision d'abandonner la Terre a été prise. Je peux vous assurer qu'il n'y a pas eu de discussion. C'était plus une ambiance de soulagement, un genre d'« enfin » collectif. Je reste à votre disposition pour écouter toutes vos suggestions, mais vous serez abandonnée sur Terre avec les vôtres, dans moins de deux mois.

Le repas se termina sur très peu d'échanges. Dès le dessert terminé et les salutations protocolaires faites, Léa coupa le système de projection. Xian disparue, la table de cristal redevint en polymère et l'ensemble de la salle reprit son apparence véritable.

Léa quitta la pièce et sortit sur le balcon qui dominait Genève. Elle leva les yeux au ciel et observa la beauté de la nuit étoilée.

Elle fixa en silence cette galaxie que ni elle ni ses descendants ne pourraient jamais visiter.

Nombre de jours avant la fin : 45
Dîner du 4 avril entre Leïla Jaber
et Edwards Davis

Lors des repas diplomatiques, il fallait respecter l'étiquette. La première règle était de garder la conversation au niveau le plus futile possible, tant que l'entrée n'était pas arrivée. C'était le moment de demander à son invité s'il était satisfait du voyage et de l'accueil des domestiques. De plus, pendant que l'on dégustait les entrées, la coutume était d'aborder un sujet qui n'était pas l'enjeu du repas. C'était tout un art de savoir éviter l'objet de la discussion et les deux parties devaient jouer le jeu, si impatientes fussent-elles. La raison d'être du repas pouvait être abordée lors du plat principal.

Par exemple, au cours du dîner au Phare Amédée entre Olivier Miron et Émilien Poirier, le potage et les hors-d'œuvre avaient servi de prétexte pour rassurer le général. Au plat principal, ils avaient pu aborder les détails des stratégies de conquête, qui étaient la raison officielle de la convocation. Le dîner virtuel entre Léa Flamand, Asumi Qi et Xian Qi s'était déroulé de la même façon. La passation des pouvoirs d'Asumi à sa fille Xian avait été le seul sujet abordé avec les pétoncles grillés, alors que la proposition de Léa avait dû attendre le thon fumé.

En ce 4 avril 85 de l'ère de l'Expansion, Leïla Jaber avait prévu le sujet banal qu'elle allait aborder au début. Elle devança d'ailleurs légèrement l'étiquette en l'annonçant un peu avant l'arrivée de la terrine de lapin qu'elle avait commandée :

    L'ère de l'Expansion

– Et ce sera un garçon !

– Félicitations ! s'exclama très sincèrement Edwards Davis. Je te souhaite autant de bonheur que la paternité m'en a apporté. Est-ce que c'était prévu ou cela survient-il comme une surprise ?

– On peut dire que c'était planifié, reprit Leïla. C'était notre désir depuis un certain temps (c'était le mien depuis longtemps pour tout dire), mais nous ne pensions pas y réussir aussi vite (je dis ça, mais nous sommes ravis !), nous avions entendu tellement d'histoires d'amis qui avaient dû travailler fort pendant plusieurs années avant d'avoir leur premier enfant. Je suis vraiment la femme la plus comblée du monde ! J'avais déjà eu beaucoup de succès sur le plan professionnel (j'ai vraiment faim, cette terrine va être délicieuse), c'était le moment parfait pour plonger au niveau familial !

C'est donc en discutant de parentalité que les deux homologues dégustèrent tranquillement leurs entrées respectives.

Edwards Davis avait choisi de faire mettre la table dans un ballon dirigeable, mode de transport qui avait connu un incroyable essor vers la seconde moitié du vingt et unième siècle de l'ère précédente. En effet, le prix abordable des croisières aériennes en avait fait un style de vacances privilégié. Le ballon survolait présentement la mer Méditerranée et la vue était imprenable. Peut-être encouragés par le cadre idyllique, les deux ambassadeurs s'accordèrent pour partager, au moment de parler des choses sérieuses, un mets traditionnel africain : un ragoût qu'ils devaient manger non pas avec des ustensiles, mais avec des petites crêpes qu'ils enroulaient autour de juteux morceaux de mouton, de porc et de chèvre. Le repas servi, la vraie conversation put commencer.

Leïla Jaber sortit un livre de son sac et le tendit à son homologue. Le titre en était déjà très accrocheur : *Rien de ce que vous ferez ne pourra changer quoi que ce soit.* Edwards prit le volume, en s'assurant de ne pas le tacher de sauce, et il le feuilleta rapidement.

— Qui en est l'auteur ? demanda l'ambassadeur de l'Étoile, en tentant de trouver la réponse sur la quatrième de couverture.

— Ce livre, que j'ai trouvé (vraiment par hasard) à la Grande Bibliothèque de Paris, a été écrit par « les descendants de la Course » (intrigant, n'est-ce pas !). Il n'y a pas plus de détails sur les auteurs (à première vue, du moins, car j'ai fait mes recherches). Plus intéressant encore, ce livre est censuré (oui oui, par le gouvernement de l'Union !) et n'a été imprimé qu'en très peu d'exemplaires, plus ou moins illégalement (disons plus que moins).

— Intéressant, se contenta de dire Edwards Davis, ne voulant pas interrompre la tirade qu'il sentait venir de son interlocutrice.

— À première vue, je dirais plutôt intrigant (mais effectivement, ça va devenir intéressant !), je n'ai jamais vu de publication sous censure à notre époque (et j'ai beaucoup lu !). La question des auteurs (car on comprend évidemment qu'il s'agit d'un collectif) est donc la première à laquelle j'ai tenté de trouver une réponse (et j'ai trouvé). J'ai dû faire appel à ma position et à tous mes contacts (vous comprenez que je vais garder pour moi les détails de mes sources).

« Cet ouvrage est une production secrète (qualifions-la ainsi) écrite par un groupe de chercheurs de l'Université de Londres. Peut-être avez-vous déjà entendu (moi, ça ne me disait rien) les noms de Frank Blist, Eva Miller ou Cécilia Bramis (pour ne nommer que ceux-là). Il s'agit d'un mélange de scientifiques, d'historiens et de philosophes qui ont travaillé conjointement à prédire les conséquences de la téléportation en masse.

« Le nom "les descendants de la Course" (car j'imagine que vous vous demandez d'où il sort), vient du fait que certains (au moins deux d'entre eux) se sont rencontrés dans l'événement sportif (la fameuse course entre la Terre et Mars) à l'issue duquel le premier téléporteur a été dévoilé (il y a environ cent trente ans). »

— D'accord, glissa son vis-à-vis, témoignant ainsi de son écoute active.

— Ce bouquin, poursuivit Leïla d'un même souffle, revient sur une dissertation d'Eva Miller (qu'elle aurait faite dans le contexte d'un examen final à l'université [j'ignore si ce fait est véridique, j'avoue que c'est un peu surprenant]). L'ouvrage que vous tenez présente les conclusions de cet essai et en démontre la validité (en quatre cents pages environ).

« Pour vous faire un résumé rapide (disons, le plus succinct possible) des conclusions, je vous dirais que peu importent nos actions (d'où le titre de l'ouvrage), le contexte historique fait qu'il n'y aura (ultimement) que des Asiatiques dans tout l'Univers ! Ce livre détaille les raisons qui font en sorte que les habitants des trois autres pôles n'auront jamais accès à l'espace, et ce (comme le titre de l'ouvrage le dit, je me répète), peu importe que l'on reste passif ou que l'on soit agressif, que l'on se fasse convaincant ou suppliant. »

— Intéressant, lança Edwards, qui ne s'était pas attendu à ce genre de sujet. Et l'argumentation est crédible ?

— Je ne suis ni historienne ni philosophe, mais il me semble que toutes les corrélations proposées demeurent d'actualité (n'oublions pas que ce livre date de plus d'un siècle). Et mes recherches sur les auteurs me confirment leur grande notoriété à leur époque.

— Donc, toute cette guerre serait vaine ? demanda l'ambassadeur de l'Étoile d'Amérique, sans comprendre où voulait en venir la déléguée de l'Alliance du Sud.

— Oui, si la prédiction s'avère exacte, répondit-elle, heureuse de pouvoir partager son désarroi.

— Donc, vous proposez de tout arrêter ? lança Edwards Davis, à la limite de l'ironie.

— Bien sûr que non, nous n'allons pas laisser le Soleil abandonner la Terre, en regardant sans rien faire. On va continuer la guerre (on est trop engagés et c'est la seule action envisageable à présent), mais il faut être conscient (je parle de nous, pas du peuple [d'ailleurs je comprends maintenant la censure]) que notre défaite était annoncée.

— Je suis d'accord et il faut garder ça pour nous. Me laisseriez-vous le livre pour que je le lise ?

— En voici une version électronique, répondit Leïla, en lui tendant un petit module métallique et en reprenant la version originale. C'est la seule copie que j'ai faite.

Il existait une dernière règle de bienséance dans les repas diplomatiques : le sujet principal devait être terminé avant l'arrivée du dessert, réservé à des conversations plus légères.

Dans le cas du dîner de Leïla Jaber et Edwards Davis, la maternité refit surface. Cependant, aucun des deux ambassadeurs n'allait pouvoir oublier les conclusions du livre désormais.

Nombre de jours avant la fin : 40
Dîner du 9 avril entre les officiers supérieurs

Le dîner du 9 avril fut l'un des plus somptueux de toute la période. Les plus importants militaires de chaque pôle avaient été conviés à cet impressionnant buffet qui se tenait en plein cœur du quartier des affaires, en banlieue de Paris.

Émilien Poirier, général en chef de l'Union, avait tout orchestré pour que le repas soit grandiose, à l'image de sa perception de la guerre en cours. Chacun pouvait se servir abondamment de sushis et d'autres mets à base de poisson cru. Ce dîner typiquement asiatique avait été pensé pour donner l'impression qu'ils dévoraient leurs ennemis ou les ridiculisaient, en s'empiffrant à volonté. Il n'était pas question d'utiliser des baguettes : ils tentaient tous de respecter le moins possible la tradition asiatique en mangeant avec des fourchettes ou avec les mains. Pire encore : l'un des généraux avait demandé qu'on remplace sa sauce soya par du ketchup. C'était plutôt symbolique, car lui-même dut avouer que c'était loin d'être un mélange savoureux.

Le général Poirier commença son allocution par un compte rendu détaillé de l'avancement des troupes. Comme chacun le savait déjà, les militaires du Soleil battaient en retraite sur tous les fronts.

— Jusqu'à maintenant, près de neuf milliards d'Asiatiques ont été téléportés sur Mori, selon les analyses spatiales infrarouges de nos agences. Ce qui veut dire qu'il resterait environ un milliard d'habitants du Soleil sur la Terre. Leur répartition est de plus en plus centralisée vers l'ancien Japon, mais ils s'étendent encore à l'ouest, nos troupes ayant récemment pris le contrôle de presque toute la Thaïlande d'antan. Cependant, et c'est la raison de la réunion d'aujourd'hui, nos services secrets nous ont informés que le téléporteur de Hong Kong avait été rapatrié à Tokyo, pour être transporté sur Mori.

Le général marqua une légère pause, le temps que les autres tentent de deviner où il voulait en venir et qu'un serveur aux larges sourcils froncés remplisse son verre d'eau. Il poursuivit de sa voix puissante :

— Vous savez aussi que Dubaï II, le luxueux centre de villégiature sur Mars, a été abandonné il y a quatre mois. Lorsque j'ai appris le rapatriement de l'Explorateur de Hong Kong, j'ai cru bon de lancer nos différents agents qui infiltrent l'ennemi sur le dénombrement des téléporteurs restants. Vous vous souviendrez tous, j'imagine, qu'il y en avait des centaines l'année dernière. Eh bien, il n'en reste plus que quatre sur Terre maintenant ! Ils sont situés à Hanoï, à Séoul, à Pékin et, bien sûr, à Tokyo. Vous conviendrez comme moi qu'il est temps que notre guerre passe à un autre niveau. Avant que les téléporteurs nous filent complètement entre les doigts, il faut attaquer massivement et sans prévenir.

Petite pause encore, mais cette fois, pour que le serveur aux larges sourcils arqués dévoile la table garnie d'une superbe collection de desserts pour tous les goûts.

— Le temps n'est plus à la guerre psychologique et aux menaces timides, reprit le général en chef Poirier, il faut s'emparer d'un des téléporteurs par la force. Vous vous doutez comme moi que celui de Tokyo est complètement inaccessible et qu'une attaque dans la capitale serait suicidaire. Il nous reste donc trois possibilités.

« Mes collègues de l'Union et moi avons eu beaucoup de discussions : vaut-il mieux privilégier des assauts séquentiels ou coordonner des incursions parallèles sur chacune des villes ? Cette deuxième option était notre idée de base, elle permettrait de déstabiliser l'ennemi sur plusieurs fronts à la fois et de diluer sa concentration, donc sa capacité d'intervention.

« Mais le fil de nos discussions nous a poussés à proposer l'inverse aujourd'hui. Malgré tous nos agents, bien positionnés sur le territoire du Soleil, des éléments inconnus pourraient constituer des variables importantes, dans le succès ou la défaite. Nous en savons très peu sur l'armement de nos ennemis et sur leurs techniques de défense des téléporteurs. Des assauts séquentiels nous permettraient d'apprendre et de nous adapter. Je recommande donc d'attaquer tout d'abord Hanoï et de planifier les invasions suivantes en conséquence. »

Ce fut encore un moment où une pause dans son allocution était obligatoire. D'une part, il devait observer la réaction de ses collègues et, d'autre part, il devait s'humecter la gorge par une grande gorgée d'eau, car sa tirade lui avait complètement asséché le gosier. Enfin, c'était un bon moment pour que le serveur aux larges sourcils redressés serve le café.

Les généraux avaient l'air d'approuver la proposition. La plupart d'entre eux avaient vu venir la situation et s'y étaient préparés. Seul le grand général de l'Étoile eut une question :

— Je pense que vous savez à quel point il sera difficile de nous coordonner, lança-t-il, en refusant le café du serveur. Je veux dire, les trois pôles ensemble. Nous avons établi des stratégies qui fonctionnent généralement bien, puisque l'ennemi fuit avant notre arrivée, mais on n'a jamais combattu ensemble.

— En effet, reprit le général Poirier, une attaque à trois serait très risquée sur le plan de la coordination des troupes. Je vous propose plutôt que chaque pôle organise un assaut. L'Union pourrait se charger du premier : nous serions prêts à envahir Hanoï dans quinze jours. Si nous ne parvenons pas à nous emparer du téléporteur, l'un de vous pourrait marcher sur Séoul en se servant de ce qu'on aurait appris sur la défense de l'ennemi et en ayant encore sa force de frappe intacte. Si un nouvel échec s'ensuit, il restera Pékin, pour le troisième pôle.

Les militaires approuvèrent, mais ils connaissaient bien le général Poirier et les véritables motifs de sa proposition : il voulait mener à lui seul la première invasion, être le premier à commander une bataille d'envergure.

Une fois le repas terminé, la salle se vida rapidement et le serveur aux larges sourcils maintenant apaisés coordonna le ménage de la pièce. Ce n'est qu'une fois les tables rangées, la vaisselle lavée et les nappes pliées, que ce domestique put regagner

　　　　　　　　　　L'ère de l'Expansion

son minuscule appartement du treizième arrondissement de Paris. Il se rendit directement dans la petite pièce construite pour être à l'abri de toute écoute et il appela sa supérieure, Xian Qi.

Nombre de jours avant la fin : 30
Dîner du 19 avril entre Xian Qi
et Etsumi Shimizu

Malgré son statut et sa notoriété, Etsumi Shimizu n'était pas un grand amateur de luxe. Décoré du grade de la Vaillance après l'arrestation de Voile, et honoré une seconde fois pour ses accomplissements durant l'opération Purification, il était passé de simple inspecteur à premier dirigeant des services secrets sur Mori. Il avait gravi rapidement les échelons, sans jamais se complaire dans l'excès. Il avait choisi de garder un style de vie simple et il se considérait comme un homme heureux.

Lorsque Xian Qi, l'ambassadrice du Soleil sur la Terre, le convia à un dîner de courtoisie, il s'attendait à subir une conversation où l'étiquette primerait sur le fond. Shimizu fut agréablement surpris de voir qu'il s'était trompé : l'ambassadrice le reçut humblement dans un restaurant austère où un frugal repas leur fut servi. Ils discutèrent principalement des détails techniques de l'arrivée de milliards de personnes sur Mori.

— La tâche est incroyable, expliqua Shimizu avec enthousiasme. Chaque semaine, la capitale s'étend dans toutes les directions. Je pourrais même dire : dans toutes les dimensions ! Une société entière se bâtit, les gratte-ciels s'élèvent, les infrastructures routières se déploient, les entreprises agricoles se multiplient et les systèmes de traitement de l'eau potable et des eaux usées se mettent en opération ! La priorité est évidemment de loger tout le monde, mais une panoplie de services en découle. Pour l'instant, tous les matériaux proviennent de la Terre, mais il faut coordonner la main-d'œuvre et nous assurer que l'édification de la planète s'accomplisse de façon sécuritaire et durable. Le plus grand défi reste clairement l'approvisionnement en énergie.

— On m'a dit que vous aviez opté pour un grand centre multi-énergie. Un système qui jumellera l'approvisionnement en énergie solaire, éolienne, hydroélectrique et nucléaire.

— Effectivement, reprit Shimizu, l'énergie nucléaire sera la source principale, mais nous nous servirons aussi des autres sources d'énergie renouvelables à notre disposition.

— Je suis bien contente que l'exil massif se déroule bien, malgré l'ampleur de la tâche, poursuivit Xian, en terminant la salade de poires qu'elle avait choisie comme entrée. J'ai aussi eu la chance de lire vos rapports sur les prisons de Mori et les Rebelles qui s'y trouvaient.

— Comme il a été demandé par l'Empereur, tous les Rebelles des prisons de Mori ont été renvoyés sur Terre, compléta Shimizu. Et de votre côté, comment se déroule l'évacuation ?

— Tout se passe à un rythme effréné, de notre côté aussi, répondit Xian en écarquillant les yeux. On se replie sur tous les fronts et on évacue la plupart des gens. Beaucoup sont laissés derrière, évidemment. Les téléporteurs existants sont graduellement stationnés sur Mori en permanence. Comme ils servent eux-mêmes à rapatrier les gens, on doit bien gérer le moment où chaque téléporteur est démonté et rapatrié.

— Et les autres pôles ont-ils découvert notre stratégie ? demanda Shimizu, en terminant le potage aux fruits qui lui servait d'entrée.

— Depuis un peu plus d'une semaine, oui, admit l'ambassadrice. L'un de nos espions nous a informés que les autres pôles comptent attaquer les villes où se trouvent les derniers téléporteurs. La première visée sera Hanoï. Leur assaut est prévu pour mardi, dans six jours. Je ne gère pas la défense de ces villes, mais je crois qu'on est prêts à repousser ces invasions. Ma seule crainte concerne nos quartiers généraux et nos systèmes d'information situés à Tokyo. J'aurai besoin de vous et de votre équipe.

Shimizu se doutait bien que ce n'était pas une rencontre de courtoisie. Comme leurs plats principaux respectifs venaient de leur être servis, il comprit que le cœur de la conversation venait d'être abordé. Il sourit imperceptiblement, en laissant l'ambassadrice détailler sa demande.

— J'ai entendu à maintes reprises que votre équipe était la plus efficace, le complimenta Xian, en guise de prémisse. Comme vous avez une certaine indépendance vis-à-vis de l'État, vous avez le droit de choisir vos contrats et vos employeurs. J'aimerais que vous acceptiez de mener sur Terre une enquête privée, à l'intérieur même de nos rangs. Nos ennemis ont sans doute des espions derrière nos lignes, comme nous en avons derrière les leurs. Je veux simplement m'assurer que leurs agents ne sont pas trop haut placés et n'ont pas accès aux réseaux d'information de niveau quatre et plus.

– En somme, vous voulez que je trouve les traîtres, résuma Shimizu. Vous voulez qu'on passe au peigne fin les hauts fonctionnaires du Soleil. Intéressant.

– Je sais à quel point votre équipe est qualifiée et votre prix sera le nôtre, reprit Xian connaissant le détachement de Shimizu par rapport à l'argent.

– Je m'en doute, répondit Shimizu qui savait très bien que Xian était au courant de son désinté-rêt pour l'argent.

– Vous avez été au cœur des procédures doua-nières qui visaient à identifier et à déjouer les Rebelles, poursuivit Xian. Vous connaissez l'im-portance de ne pas se faire infiltrer.

– Comme je l'ai dit, c'est intéressant, lança Shimizu. Je vais y penser et vous revenir, d'ici deux jours.

Les deux interlocuteurs savaient très bien que Shimizu était tenté par les défis qu'offrait ce genre de mission, où l'enjeu était plus que capital.

Les deux interlocuteurs savaient aussi que tout homme respectueux se devait de consulter sa femme avant de donner une réponse officielle à une mission qui demandait l'exil, même tempo-raire, surtout sur une autre planète où la guerre était commencée.

Mais par-dessus tout, les deux interlocuteurs savaient très bien que Shimizu allait accepter ce mandat.

Nombre de jours avant la fin : 24
L'attaque d'Hanoï

Une vingtaine de milliards de paires d'yeux ter-riens étaient rivés sur les écrans qui projetaient en direct les images de l'assaut. Tous diffusaient simultanément les mêmes images. C'étaient les premières effusions de sang.

Léa Flamand était à Genève, dans la plus grande salle des Nations Unies, en compagnie des plus hauts dignitaires politiques des trois pôles. La salle était bondée, mais silencieuse. Tous étaient avides de voir l'issue de l'invasion et anxieux d'envisager la suite.

Olivier Miron était seul, chez lui, dans son village en bordure du Rhin. Il fumait abondamment, en pleurant devant les images de guerre qui défilaient devant lui.

Edwards Davis était confortablement assis dans son salon avec son épouse. Il n'avait pas non plus le cœur à la fête.

Leïla Jaber n'était pas assise, mais debout, et décrivait en long et en large les événements qui avaient mené à cette attaque. L'ensemble de son auditoire, un comité militaire formé à la demande de son gouvernement, écoutait attentivement, en regardant les images.

Xian Qi était dans la plus haute tour de Tokyo, avec son comité d'aide à la décision. Tous regardaient la transmission holographique tridimensionnelle de l'avancée des troupes de l'Union sur Hanoï.

Le général Poirier n'était pas devant un, mais devant une centaine d'écrans sur lesquels déferlaient les images venant de milliers de caméras *in situ*. Tous les casques des militaires au combat avaient été équipés d'appareils ultra perfectionnés qui permettaient au général de voir toute l'action sur le terrain.

C'était le premier conflit armé de la nouvelle ère. Les stratégies d'invasion étaient relativement simples : bombardements aériens localisés, assauts des unités au sol sur trois fronts et tentatives de percées vers le centre de Hanoï. Évidemment, toutes les conventions internationales étaient respectées : pas d'armes nucléaires, chimiques ou bactériologiques.

Le général Poirier était justement en train de réfléchir à l'étrange concept de guerre à une époque où il était convenu de ne pas utiliser les armes les plus meurtrières. Il était permis de bombarder, mais pas avec toute la puissance possible. Le général consigna cette pensée dans le carnet de guerre qu'il remplissait à chaque heure, depuis le début du conflit.

L'attaque de Hanoï dura trois jours.

La première journée, les unités au sol ratèrent les grandes avancées prévues. Les troupes au nord du fleuve Rouge ne réussirent même pas à pénétrer dans la ville. Les régiments arrivant du sud firent quelques percées, mais restèrent isolés dans certains quartiers, très loin du centre. Poirier fulminait, il ne comprenait pas que son armée soit si lente à progresser. Il écrivit dans son calepin que, s'il avait eu accès à des armes nucléaires, il en aurait fait usage. À tête reposée, après l'invasion, il déchira la page où il avait noté cela, en se félicitant de n'avoir rien sauvegardé sur aucun média.

Lors de la deuxième journée, le général Poirier ordonna d'attaquer sans répit et partout, au niveau maximal. L'avancée de ses troupes fut grande, mais les pertes aussi. On bombardait n'importe où, sans grande réflexion. Des quartiers où il n'y avait que des civils furent ciblés. À trois reprises, l'Union fit l'erreur de lancer des missiles sur des espaces occupés par ses propres unités. L'ordre et la discipline stratégique de la veille avaient fait place à un chaos que le général Poirier faisait semblant de maîtriser.

Une seule partie de la ville demeura systématiquement à l'abri des bombardements : celle où se trouvait le téléporteur. Ce n'est qu'à la fin de la troisième journée que les troupes de l'Union atteignirent massivement l'endroit.

Les dirigeants locaux du Soleil eurent beaucoup de calculs à faire durant ces trois jours. Au début de l'attaque, trop de civils se trouvaient à Hanoï pour que le téléporteur soit détruit, ce qui eût signifié l'abandon de tous les gens qui avaient migré vers cette ville centrale. Cependant, les téléportations massives conjuguées aux efforts pour repousser les envahisseurs permirent à un nombre significatif de civils de quitter la ville.

Les calculs étaient terminés : le nombre de citoyens abandonnés à Hanoï était raisonnable. Les dirigeants locaux firent une dernière téléportation, la leur, après avoir actionné le système téléguidé de destruction. Quelques secondes après, l'édifice tout entier qui contenait l'un des quatre derniers Explorateurs sur la Terre vola en éclats, sous les yeux des troupes de l'Union qui s'en approchaient.

Le général Poirier rageait.

Nombre de jours avant la fin : 18
L'attaque de Séoul

Le général Fraser, commandant de l'Étoile d'Amérique, ne put que se réjouir lorsque son aide de camp l'informa de l'identité de celui qui demandait audience. Il était un peu étonné de l'audace du visiteur, mais n'était pas autrement surpris de sa présence.

C'est donc avec un large sourire que Fraser accueillit le général Poirier :

— Bienvenue à Washington. Que nous vaut l'honneur ?

— Je crois que vous le savez très bien, répondit le général de l'Union, qui n'affichait pas la même bonne humeur.

— Je m'en doute effectivement, dit simplement Fraser, en laissant à son homologue la tâche de clarifier la situation.

— Les vingt mille militaires qui ont survécu à l'assaut de Hanoï et moi-même voulons joindre vos rangs pour l'invasion de Séoul, lança Poirier sans détour. Ces militaires sont formés au combat et ont l'expérience du terrain, un avantage considérable, vous verrez.

— Mais je croyais que nous avions établi, d'un commun accord, que chaque pôle allait mener son attaque, rappela Fraser en continuant d'arborer son large sourire.

— Arrêtons les détours inutiles qui semblent vous amuser grandement, proposa Poirier. Vous savez très bien, comme tous les autres d'ailleurs, que je tenais à mener le premier assaut et que je m'attendais à gagner. Je n'avais pas prévu la lenteur de mes troupes. J'espérais un combat d'une journée, pas trois.

— Et vous voulez maintenant être partie prenante de l'invasion qui sera la bonne, présuma Fraser.

— Exactement, et ce sera la bonne ! La population de Séoul est le double de celle de Hanoï. C'est la troisième ville la plus peuplée de la planète, après Tokyo et Mexico. Le nombre d'habitants qui ont migré vers cette ville est aussi deux fois celui des personnes qui se trouvaient à Hanoï, au début des bombardements. Avec une agression plus efficace, fruit de notre expérience, les autorités n'auront pas le temps de téléporter assez de monde et ne pourront décemment en laisser autant derrière.

— Et quel sera votre rôle personnel dans la coordination de l'attaque ? souleva le général Fraser, conscient que son interlocuteur aimait bien tout diriger.

— Je serai sous vos ordres, bien sûr, et relèverai directement de vous, répondit le général de l'Union, sachant très bien que c'était la seule réponse acceptable. Je dirigerai mes hommes, selon vos décisions, soyez sans crainte. Je veux comme vous que cet assaut soit un succès et pour cela, il ne peut y avoir qu'un seul lieu de décision. Ce sera votre bureau. Si vous voulez une suggestion de ma part, je crois que vous pourriez nous donner une section de la ville, par exemple la rive nord du fleuve Han, en provenance de l'est, et nous pourrions tenter une percée rapide vers le centre. Mes soldats ont vu le sang couler et pas seulement sur des écrans. Ils ont vu leurs frères tomber. Ils ne seront pas timides au combat. Ils vont foncer et atteindre le centre de la ville en moins d'une journée.

— Je vois que, même si toutes les décisions relèvent de moi, vous avez déjà une bonne stratégie en tête, lança le général de l'Étoile, avec une pointe d'ironie.

– Général Fraser, je suis un passionné de stratégie militaire. Permettez-nous de combattre à vos côtés et nous serons tous gagnants.

Le général Fraser donna raison à son homologue sur tous les points et l'Union et l'Étoile menèrent une attaque conjointe sur Séoul. Le général Poirier fut même invité à siéger au conseil de décision, dans la salle principale du Pentagone, durant l'assaut.

Le général Poirier ne se trompait pas, d'ailleurs, sur la plupart des points qu'il avait exposés.

Tout d'abord, l'attaque de Séoul ne dura effectivement qu'un seul jour. Les troupes de l'Étoile d'Amérique avancèrent prudemment mais efficacement, sur tous les fronts. Cependant, ce furent les unités de l'Union transeuropéenne qui atteignirent le centre de Séoul dans les délais prescrits. De plus, comme l'avait envisagé l'officier supérieur, les dirigeants du Soleil n'eurent le temps de téléporter qu'une très mince proportion des civils qui se trouvaient encore dans la capitale de la Corée unifiée. Il en restait encore près de deux millions lorsque les militaires transeuropéens arrivèrent devant l'édifice où se trouvait le téléporteur.

Le général Poirier ne s'était trompé que sur un point majeur.

Lorsque les troupes de l'Union arrivèrent au centre de Séoul, les dirigeants locaux du Soleil reçurent des ordres très clairs de Tokyo et ne firent pas de calcul : peu importait le nombre de personnes abandonnées, aucun téléporteur ne serait laissé à l'ennemi.

L'édifice où logeait l'Explorateur explosa, lui aussi, au pied des unités venues s'en emparer.

Nombre de jours avant la fin : 14
L'attaque de Pékin

Le général Sammar n'avait pas une personnalité propice au travail d'équipe. Au contraire, c'était un solitaire qui préférait agir par lui-même. Ce trait faisait de lui un homme strict, mais efficace, qui pouvait prendre rapidement des décisions claires, sans ambiguïté. Sa notoriété avait fait en sorte qu'une fois son nom mentionné, peu de fins tacticiens posèrent leur candidature au poste de Premier Général de l'Alliance. Il fut d'ailleurs choisi dès la première série d'entrevues. Maintenant à la tête de l'armée du Sud, il croyait pouvoir mener lui-même, en tant que dirigeant absolu, l'attaque contre Pékin. Aussi fut-il plutôt contrarié que son gouvernement lui associe un triumvirat pour planifier l'assaut. Tout en demeurant maître ultime des décisions, il devait s'entendre avec les deux partenaires que lui avaient imposés les politiciens de son pôle. Assis dans une luxueuse salle de réunion au cœur d'Istanbul avec ces deux individus, il se demandait lequel des deux il détestait le plus.

Le premier des deux protagonistes était Leïla Jaber, l'ambassadrice de son pôle. Sa connaissance de l'actualité politique mondiale et sa vision d'ensemble étaient des atouts que le gouvernement de l'Alliance jugeait indispensables à la réussite de l'agression contre le Soleil. Le général Sammar ne mettait pas en doute les connaissances de Leïla, c'était plutôt la personnalité de l'ambassadrice qui l'irritait. De nature solitaire, il n'aimait pas les gens qui parlaient trop et la perte de temps engendrée par ses longues interventions l'agaçait au plus haut point.

Le second était le général Poirier qui, après la défaite, était allé voir directement le gouverneur de l'Alliance. Il avait su démontrer que les dix mille militaires qui l'accompagnaient – qui avaient survécu à l'attaque de Séoul – étaient essentiels au succès de l'assaut de Pékin. Ils avaient l'expérience du terrain et la connaissance de l'ennemi. Le général Sammar ne s'y laissa pas tromper. Il avait deviné que Poirier était là uniquement pour son prestige personnel, sans égard pour la valeur humaine de ses soldats. Ils étaient environ cinquante mille à Hanoï, vingt mille à Séoul et seulement dix mille maintenant. Le général Poirier était prêt à être le seul survivant si cela lui permettait de passer à l'Histoire.

Le Premier Général de l'Alliance écoutait donc ses deux collègues, en se demandant lequel il détestait le plus. Il avait tout le temps de réfléchir d'ailleurs, car à peine lui laissaient-ils placer un mot de temps à autre. C'est bien évidemment Leïla Jaber qui monopolisait la discussion :

– La chance que nous avons (si on peut appeler ça de la chance !) est de pouvoir profiter des erreurs (appelons ça plutôt « l'expérience ») des deux attaques précédentes et, ce n'est pas à négliger, c'est un avantage considérable ! Les défaites de Hanoï et de Séoul peuvent s'expliquer de plusieurs façons, mais voici comment je résume ça (c'est assez simpliste vous allez me dire, j'en suis consciente). À Hanoï, offensive dirigée par l'Union (et donc par vos troupes, général Poirier), les soldats n'avaient pas conscience de ce qu'ils allaient faire (le fait de tuer), ils ont donc beaucoup trop hésité, étant toujours légèrement à reculons.

– Absolument d'accord, confirma le général Poirier, sans vouloir couper la lancée de Leïla.

– Ensuite, à Séoul, poursuivit l'ambassadrice sans faire de pause, lors de l'intervention du général Poirier, bien que sous les ordres du très estimé commandant Fraser, les soldats étaient pleinement engagés dans le combat. Ils ont bravé la mort et foncé tête première pour être victorieux. La stratégie d'invasion était bonne, tellement que le centre de la ville a été gagné par nos alliés avant que le Soleil puisse téléporter les civils en nombre optimal, mais (et c'est là où le bât blesse) on comprend maintenant que les édiles régionaux du Soleil avaient pour ordre de détruire les téléporteurs avant de rapatrier tous les citoyens.

– Exactement, coupa le général Poirier assez fort pour être sûr d'interrompre le monologue en cours. Ce n'est donc plus une question d'efficacité militaire. Même si on réussissait à gagner le centre de la ville en une heure, ce qui serait techniquement surhumain, nos ennemis feraient probablement tout exploser juste avant notre arrivée.

– Que nous reste-t-il donc ? reprit Leïla Jaber, en regardant tour à tour les deux généraux. Ce qui est clair (à mon avis) c'est qu'il ne faut pas leur laisser la chance de tout faire exploser, ce qui nous mène (vous l'aurez probablement deviné [après tout, vous êtes des généraux et je ne suis qu'une simple diplomate (avec une bonne formation en tactique militaire, je l'admets)]) à une seule option : l'attaque-surprise. Celle que nos ennemis ne verront pas venir ; celle qui ne leur laissera pas le temps de tout faire sauter. Je parle donc d'un petit commando aérien ou souterrain.

— Tu crois qu'ils ne nous verront pas venir si on arrive par les airs ? demanda le général Poirier, dubitatif. À mon avis, ils sont équipés pour nous voir venir de loin, sur terre, sur mer et sous terre, et tout faire sauter dès qu'ils auront un doute.

— Dans les deux invasions précédentes, reprit Leïla Jaber, toujours aussi excitée par les contre-arguments, nous avions aussi des véhicules aériens (principalement pour les bombardements). Je ne pense pas que nos ennemis vont se douter que l'un de ces avions contiendra cette fois une escouade tactique.

— Il faudrait tout de même que l'assaut soit très rapide, renchérit le général Poirier qui continuait de surfer sur un doute palpable quant à l'application de cette première option.

— Les avions, poursuivit Leïla du même souffle, pourraient voler à très basse altitude, pour que l'escouade atteigne rapidement le sol en sautant de l'avion (pas trop bas pour ne pas éveiller de soupçons [nos avions volent habituellement plus en hauteur, pour être hors de portée des tirs], mais juste assez pour permettre une attaque éclair). Je ne prétends pas être sûre à cent pour cent que ce sera efficace, mais ça peut fonctionner.

— D'accord, lança le général Poirier de façon plutôt nonchalante, supposons que c'est possible de faire une attaque-surprise par les airs. Mais pour votre deuxième option, par voie souterraine, j'imagine que vous faites référence aux véhicules torpilles que votre gouvernement a fait construire.

— Exactement, continua Leïla Jaber en ouvrant une image sur le mur mobile de la salle de confé-rence. Ces nouveaux véhicules souterrains sont grandement efficaces (et je n'exagère aucunement, je les ai vus à l'épreuve) et pourraient nous…

Un officier haut gradé entra à la hâte dans la salle de réunion, ce qui interrompit le plaidoyer. Voyant son pas pressé et son regard nerveux, le général Sammar s'empressa d'aller à sa rencontre.

– Mon général, l'ambassadrice du Soleil, madame Xian Qi, vient de nous faire parvenir un visio-message qui vous est adressé.

L'officier prit la peine de faire un geste circulaire de la main en prononçant le « vous » pour clarifier que le message était adressé au triumvirat, ce qui amplifia l'agacement du général Sammar qui avait l'impression de perdre toute autorité.

Un adjoint technique régla l'écran géant de la salle de réunion pour permettre le visionnement. Le doux, mais sévère visage de l'ambassadrice orientale apparut au mur et tous se turent pour écouter.

– Bonsoir, estimés ennemis, commença Xian sur un ton à mi-chemin entre le mépris et le défi. J'imagine que vous êtes en pleins préparatifs de votre prochaine attaque. Eh bien, cette agression n'aura pas lieu. À l'heure où vous recevrez ce message, nous aurons déjà détruit le téléporteur de Pékin. À titre préventif cette fois.

« Nous regrettons d'abandonner une bonne partie des civils d'origine chinoise sur Terre, c'est vrai, mais nous avons résolu d'éviter les morts imputables à votre nouvel assaut. L'objectif de cette destruction préventive est que vous compreniez bien que le secret de la téléportation, et donc de l'accès à l'espace, l'emporte sur toute autre priorité.

« En d'autres mots, il ne reste plus qu'un seul téléporteur sur Terre, celui de Tokyo. Nous estimons à deux semaines le temps requis pour emmener sur Mori le nombre de gens que nous jugeons satisfaisant. Nous vous dirons donc adieu dans deux semaines. D'ici là, si nous avons la moindre parcelle de doute que vous planifiez une attaque contre Tokyo, nous détruirons le dernier téléporteur et tout s'arrêtera là. J'espère que la destruction du téléporteur de Pékin vous prouve que nous ne bluffons pas et que nous abandonnerons sans remords une masse de gens s'il le faut. Sur ce, bonsoir et au plaisir. »

L'attaque de Pékin n'eut pas lieu.

Nombre de jours avant la fin : 6
Autour de Tokyo

En arrivant dans la pièce, les convives n'étaient pas tous dans les mêmes dispositions. Edwards Davis était surpris. Il ne croyait pas arriver le premier à ce repas dont il soupçonnait que la perspective n'enthousiasmait personne. L'objectif était une mise au point, mais on n'attendait pas de bonnes nouvelles. Olivier Miron était découragé. Après la période des dîners, voilà qu'un souper les réunissait. Il interprétait ce changement d'horaire comme un signe démoralisant. Après les dîners venaient les soupers, après les soupers venaient la fin de la journée, le déclin, la nuit... Leïla Jaber était souriante. On arrivait à un pivot pour l'humanité, elle et ses collègues étaient des pièces maîtresses de l'événement. Elle voulait profiter du moment, peu importaient les conséquences qui, selon elle, étaient incontournables depuis longtemps déjà ! Enfin, le général Poirier était en furie. Il avait mis tellement d'efforts dans cette guerre, il ne pouvait

  L'ère de l'Expansion

envisager de la perdre. Il salua les ambassadeurs de la façon la plus protocolaire possible et s'assit tout de suite à table, manifestant ainsi son désir d'entamer au plus vite la discussion.

Tous avaient d'ailleurs convenu de renoncer aux entrées et les brochettes d'agneau du plat principal reposaient déjà sur la table. Le cœur de la discussion se passait de prémisse. L'étiquette voulait que la représentante des Nations Unies introduise le sujet. Léa Flamand était déterminée. Elle avait bien l'intention d'amener tous les invités à admettre que le point de non-retour était atteint et qu'il fallait trouver une façon d'éviter l'inévitable. Éviter l'inévitable. Un bon défi.

— Voici donc les faits, débuta-t-elle. Tokyo est complètement encerclée par les troupes de vos trois pôles. Il reste quelques millions d'habitants dans la ville, mais ils seront tous téléportés sur Mori dans moins d'une semaine. En cas d'attaque contre Tokyo, le Soleil fera tout exploser.

— Donc, si on entre dans la ville, lança Olivier sans sourire, tout s'arrête, l'espace est perdu pour nous. Si au contraire on ne fait rien, on a un sursis d'une semaine, pour prolonger la torture.

— En théorie c'est ça, oui, répondit Léa en hochant la tête. La seule lueur d'espoir que je suis venue vous présenter, est que Xian Qi m'a promis un dernier entretien avant que le Soleil n'abandonne la Terre.

— C'est n'importe quoi ! hurla le général Poirier, en frappant sur la table. C'est juste pour s'assurer que l'on ne tente rien durant la semaine ! Notre docilité, pendant qu'ils rapatrient leur peuple, en échange d'un petit entretien d'adieu ! Ça va donner quoi ? Une poignée de main protocolaire ?

– Probablement, confirma Léa. Elle ne m'a pas fait miroiter quoi que ce soit. Xian a été très honnête, le Soleil n'a aucunement l'intention de revenir sur sa décision.

– Donc vous confirmez que cette entrevue n'est qu'une mise en scène, cracha le général Poirier, à la limite de l'arrogance.

– Si je peux me permettre, coupa Leïla Jaber, nous avons tous compris que cette discussion ne changera pas le cours de l'Histoire et que le Soleil va nous abandonner (je n'aime pas beaucoup le terme « abandonner » [après tout, on n'est pas des enfants laissés seuls dans la forêt la nuit], mais comme vous l'employez à outrance, je vais donc m'en servir aussi). Cependant (et c'est ici la clé de la réflexion à avoir), avons-nous le moindre moyen d'empêcher ça ? De mon côté, je n'en vois aucun (et j'ai retourné la situation dans tous les sens, croyez-moi !). On peut être fâché, triste (ou tout simplement désemparé), mais dans tous les cas, il faut accepter la suite !

– On n'est pas en train de se faire abandonner, on est en train d'abandonner nous-mêmes ! ragea le général Poirier, même s'il n'avait pas de réel contre-argument.

– J'ai lu un excellent livre (que j'ai d'ailleurs fait lire à Edwards Davis), reprit Leïla en sortant l'ouvrage en question, qui s'intitule *Rien de ce que vous ferez ne pourra changer quoi que ce soit* et qui traite du conflit actuel. Sans vouloir entrer dans les détails (mais ça me ferait plaisir de tout détailler plus tard, si on en manifeste l'intérêt), disons simplement que tout ce que nous vivons était prévisible (dans les grandes lignes). On ne pouvait pas gagner cette guerre.

— Vous savez que ce que vous dites est à la limite de la trahison, lança le général Poirier, en dévisageant l'ambassadrice de l'Alliance.

— J'étais aussi très sceptique, débuta Edwards Davis, en s'incrustant dans la conversation, mais l'argumentaire de ce livre est assez convaincant. Vous devriez y jeter un coup d'œil, général Poirier.

— Je n'ai pas le temps de lire un livre, lâcha le général, en se levant de table. J'ai une grosse semaine devant moi. Moi.

Il quitta la salle, laissant les diplomates dans une froide ambiance. Le reste du repas ne fut pas plus festif : plus ils discutaient, plus ils se confirmaient qu'il n'y avait pas de solution.

Olivier Miron fit une nouvelle expérience, le soir venu. Il fuma deux cigarettes consécutives, en allumant la seconde avec le bout encore fumant de la première. Une idée à lui.

Nombre de jours avant la fin : 4

Il y avait bien réfléchi : il n'avait plus sa place ici. Les armées de l'Union dont il était l'ambassadeur étaient dirigées d'une main de maître par le général Poirier, avec qui il avait d'ailleurs perdu tout contact depuis deux jours. Olivier Miron se rendait bien compte que sa présence ne faisait qu'affecter, à la baisse, le moral de tous ceux qu'il croisait. Le dénouement l'attristait : la Terre allait être abandonnée à son sort, et ni les négociations ni la guerre n'avaient rien pu faire. Il n'avait pas le goût d'être présent lorsque tout Tokyo allait exploser, dans quelques jours à peine. L'ambassadeur avait donc annoncé à ses subalternes qu'il retournait en Europe et qu'il démissionnait de ses fonctions. Il allait revenir à d'anciennes passions, plus simples et de moins grande envergure.

Son avion privé quittait l'Asie ce soir.

C'était sa fin à lui.

Nombre de jours avant la fin : 3

Ils n'étaient que dix à bord du véhicule torpille souterrain.

Le général Poirier avait choisi méticuleusement la crème de l'élite de ses soldats. Les militaires avançaient dans le blindé capable de percer le roc, en cheminant lentement vers le centre de Tokyo. Leur lente progression n'était pas qu'un handicap, elle était bénéfique, pour éviter d'être localisé par l'ennemi. Ils se trouvaient à une cinquantaine de mètres de profondeur, au cœur de la roche mère. Dans moins d'un kilomètre, ils allaient amorcer la montée quasi verticale vers le lieu de rencontre.

L'officier avait échafaudé ce plan à l'insu de son propre gouvernement. Il allait prétendre à son retour qu'il avait manigancé cette attaque en secret pour éviter les failles qui mettraient en danger le succès de la mission. Évidemment, la véritable raison de cette offensive, sans approbation officielle, était qu'il savait très bien qu'il ne l'obtiendrait jamais. Il jouait le tout pour le tout. Seules quinze personnes étaient au courant : lui-même, les neuf militaires qui l'accompagnaient, les quatre gardes de l'entrepôt du véhicule torpille qu'il venait de dérober et l'agent 323, une relation qui infiltrait le Soleil depuis plus d'un an.

Le plan était simple. Ils fonçaient tout droit vers un stationnement souterrain abandonné, dans les fondations de l'édifice adjacent à celui où se trouvait le dernier téléporteur. L'agent devait ensuite leur ouvrir le corridor vers le lieu convoité. Les militaires devraient gravir quatre étages, dans un passage taillé entre des circuits électriques et des conduites d'eau potable, à l'intérieur même d'un mur du bâtiment, pour surgir dans la salle même où se trouvait l'Explorateur. La troupe du général Poirier devait être des plus furtives : aucun système de communication n'était installé à bord du véhicule torpille ni dans les habits des militaires. Ils avaient de bonnes chances de réussir, mais le général Poirier était conscient des enjeux. Il cachait avec difficulté sa nervosité, ce qui ne lui était pas arrivé depuis des années.

Le blindé remonta donc jusqu'à l'ancien parking souterrain, où le commando d'élite devait retrouver l'espion. Lorsque le véhicule perça la couche asphaltée du neuvième sous-sol, le général Poirier manœuvra habilement l'engin, pour minimiser le bruit. Les dix militaires sortirent en hâte, l'arme au poing, et balayèrent l'endroit de leurs détecteurs de circuits électroniques. Poirier souffla un peu : l'endroit était bien désert et dépourvu de caméras de surveillance. L'agent avait bien fait son travail.

Le point de rencontre était au sixième sous-sol. Le groupe remonta donc trois étages, à grandes enjambées. Leurs bottes étaient munies de semelles anti-vibrations qui réduisaient presque à néant le bruit de leurs pas. Ils gravirent en moins d'une minute les trois étages du souterrain, mais n'arrivèrent pas devant l'agent 323. Au lieu de trouver leur complice, ils trouvèrent soixante miliciens du Soleil, les armes braquées sur eux. Le général

Poirier n'avait pas besoin des explications de l'homme qui s'avançait vers lui :

— Déposez vos armes, débuta Shimizu, en pointant un fusil-mitrailleur de poing vers le général. Le traître est emprisonné et votre opération est terminée.

À la demande de Xian Qi, Shimizu avait localisé et suivait de près tous les espions infiltrés dans les rangs du Soleil. Le plan que l'agent 323 avait échafaudé avec le général Poirier avait été démasqué depuis le début. L'agent en question avait été arrêté le matin même.

Les neuf militaires qui accompagnaient le général Poirier avaient déjà déposé leurs armes à terre et levé les bras en l'air. Seul le général Poirier pointait encore son pistolet à double explosion sur Shimizu.

Le général n'était pas prêt à capituler : il n'était jamais prêt à capituler. Mais il n'y avait plus d'option, il était au bout du bout du cul-de-sac. Il essaya de réfléchir rapidement, mais il était foutu.

Il choisit de tirer sur Shimizu.

La fraction de seconde qui suivit le moment où le projectile atteignait le crâne de Shimizu, le corps du général était transpercé d'une vingtaine de balles perforantes. Shimizu s'affala au sol, le front troué, dans un synchronisme presque parfait avec le cadavre du général Poirier, criblé de toutes parts.

Ce fut leur fin à eux.

Nombre de jours avant la fin : 2

Edwards Davis et Leïla Jaber marchaient le long des bâtiments temporaires érigés autour de Tokyo.

– À peu près tout ce que le livre prévoyait s'est produit, lança le premier à voix basse, en regardant l'horizon.

– Difficile d'éviter l'inévitable, effectivement, confirma Leïla Jaber sur le même ton.

– Et tu sais quoi ? reprit Davis, en fouillant dans son sac en bandoulière, je m'en doutais depuis le début. Bien avant que tu ne me montres ton livre. D'ailleurs, à mon tour de te suggérer une lecture.

– *Le septième sens*, lut-elle sur la couverture du livre que lui tendait son homologue.

– Très bien écrit. Tout le monde connaît les cinq sens de base et la notion de sixième sens, qui se rapporte à l'intuition. C'est grâce à notre sixième sens que l'on sent des choses qui s'expliquent sous forme de sensations spontanées. Le septième sens, selon l'auteur, se rapporte plutôt à l'instinct profond, aux éléments que l'on possède fondamentalement : les certitudes ancrées en nous, sans qu'on sache pourquoi. Des choses que l'on considère évidentes, des déductions logiques irréfutables, mais sans preuves. C'est exactement ce que je ressens depuis le tout début des hostilités. J'avais fondamentalement l'impression, comme si mon septième sens me le dictait, que nous ne gagnerions pas cette guerre, que le passé nous poussait vers une fin inévitable.

– Je comprends très bien ce que tu veux dire, je pense avoir aussi eu cette sensation depuis le début (ou, au moins, depuis notre rencontre à Bordeaux). La seule chose qui m'agace dans ton discours (et tu n'es pas le seul à dire ça), c'est l'utilisation abusive de l'expression « la fin ». Je reconnais (comme à peu près tout le monde maintenant) qu'une plaque tournante se positionne devant nous et (c'est rendu plutôt une évidence) que le Soleil va abandonner la Terre d'ici vingt-quatre à quarante-huit heures, mais il faut arrêter d'utiliser le mot « fin » (qui est beaucoup trop péjoratif et qui nous empêche [depuis un bon bout déjà] d'entrevoir la suite). Utilisons plutôt le mot « début » (ou l'expression « nouveau départ ») et regardons vers l'avenir. Depuis plus d'un siècle, la science spatiale est en état de latence généralisée (depuis l'annonce de la création du premier Explorateur, plus exactement). Le fait de nous faire « abandonner » (un autre mot que j'aime plus ou moins [on en a déjà parlé]) va nous permettre de reprendre les rênes de notre évolution !

— Je suis absolument d'accord, poursuivit Edwards Davis, et même sur le plan personnel, il faut que je revienne à la vraie vie. J'ai une famille que je n'ai pas beaucoup vue dans la dernière année.

— Imagine, moi ! lança Leïla Jaber, la main posée sur le ventre, je porte notre premier enfant et mon mari ne peut pas être à mes côtés. Il est temps de lâcher cette guerre et de regarder la suite, sur tous les plans, tu as raison. Quelques jours encore et nous retrouvons notre vie.

Les deux ambassadeurs avaient arrêté de marcher et regardaient en silence la ville de Tokyo assiégée.

C'était leur fin à eux.

Nombre de jours avant la fin : 1

Léa Flamand avançait à pied, seule dans un Tokyo presque désert. L'ambiance était celle d'une ville fantôme, post-apocalyptique. Les rares personnes qu'elle croisait avaient choisi de ne pas quitter la Terre, pour des raisons qui leur appartenaient. La représentante des Nations Unies se demandait ce qui allait arriver aux quelques millions d'Asiatiques éparpillés à travers les territoires du Soleil. Tous ces gens qui avaient, soit par choix, soit par obligation, été abandonnés sur Terre. Et les frontières ? Les six ou sept milliards d'habitants par pôle allaient-ils demander à leurs gouvernements de réquisitionner les anciennes terres du Soleil ?

Arrivée devant l'édifice central de Tokyo, Léa Flamand n'était plus seule : des dizaines de militaires l'attendaient, pour l'escorter jusqu'à son rendez-vous. Ils ne pénétrèrent pas dans l'édifice, mais montèrent plutôt sur le toit par les escaliers roulants qui serpentaient autour du glorieux bâtiment. Du sommet, la vue était imprenable et Xian Qi lui parut tout aussi sublime : elle s'était habillée en tenue de gala pour sa dernière journée sur la Terre. Le sourire qu'elle arborait en accueillant Léa était splendide, mais aussi très sincère. En effet, lorsque Léa avait rencontré Xian près de deux mois auparavant, au dîner du 30 mars, elle avait eu de grandes appréhensions sur leur relation et leur coopération éventuelle. Cependant, au fil des semaines, les deux diplomates s'étaient revues à de nombreuses reprises et se respectaient profondément.

Les militaires n'étaient pas restés sur le toit et les deux femmes purent, en toute quiétude, prendre place à une mince table antique, sur laquelle des thés à la menthe leur avaient été servis.

— Je suis très contente que tu aies accepté mon invitation, commença l'ambassadrice du Soleil, en humant l'arôme épicé de sa boisson fumante.

À notre première rencontre, je t'ai dit que j'avais beaucoup d'admiration pour toi, enfin pour la description que ma mère avait faite de toi. Je t'ai dit que si une personne comme toi avait été à la tête des Nations Unies, à l'époque du traité de Tokyo, cette entente n'aurait probablement jamais été signée et nous n'en serions pas là aujourd'hui. Maintenant que je te connais, je peux confirmer que ma mère avait raison de t'admirer comme elle le faisait.

— Merci, répondit simplement Léa, se doutant bien que cette admiration n'aurait pas d'influence sur le dénouement inévitable des choses. Mais, je ne crois pas être la seule personne à l'esprit unificateur et démocratique : beaucoup d'entre nous auraient aimé que nos peuples continuent à cheminer ensemble.

— Je sais bien, Léa, mais c'est impossible. Nous allons vous quitter aujourd'hui. L'équipe technique est en train de se téléporter en ce moment même. Suivront les derniers militaires et les diplomates. Nous allons rejoindre la dizaine de milliards des nôtres qui nous attendent déjà sur Mori.

— Et laisser sur Terre quelques millions des vôtres, rappela Léa, en humectant ses lèvres de la boisson servie.

— Effectivement, 2,3 millions de personnes, selon nos calculs, mais c'était dans l'équation depuis le début. Certains ont choisi de rester. D'autres ont dû être abandonnés par un concours de circonstances, principalement en raison de vos attaques.

— C'est donc ton dernier coucher de soleil sur Terre, lança Léa, en regardant l'astre qui amorçait sa descente. L'effet visuel des couchers de soleil est probablement très différent sur Mori.

 L'ère de l'Expansion

— Complètement, confirma Xian, Mori est un peu plus loin de son soleil que la Terre et son atmosphère n'a évidemment pas la même composition. Tu devrais voir, c'est impressionnant.

— Très drôle, lança Léa, entre le sarcasme et l'ironie, mais je ne crois pas que ce soit possible.

— En fait, ça l'est, affirma Xian, avec sa douceur habituelle, mais sur un ton qui laissait présager qu'elle était sérieuse. À notre première rencontre, tu as proposé que l'on emmène avec nous une petite partie de la population de chaque pôle de la Terre, un million d'habitants en tout par exemple, qui apprendrait à vivre selon notre système. Ma mère et moi t'avons clairement signifié que notre gouvernement n'accepterait pas et c'est toujours le cas.

« Je te rencontre aujourd'hui pour te faire la même proposition, à plus petite échelle : je suis prête à te faire traverser sur Mori, mais uniquement toi. Si, un jour, l'orientation de notre gouvernement change, tu seras là, ou un de tes descendants, pour nous proposer de revenir vers la Terre.

« Cette initiative vient de moi : mon gouvernement n'en sait rien. J'en ai parlé à ma mère et à cinq ou six autres diplomates. Nous ne sommes donc pas beaucoup de gens impliqués, mais ta sécurité sera assurée sur Mori. Comme je te disais, on procède présentement aux dernières téléportations. On quitte et on fait tout exploser dans moins de trente minutes. »

Léa Flamand avait envisagé beaucoup d'issues à cet entretien, mais pas celle-là.

*   *   *

C'était la fin. La destruction du dernier téléporteur et l'abandon de la Terre.

Pour le Soleil, c'était plutôt le début. Le début de l'exploration de la Galaxie. Le début de l'Expansion.

Au même moment, la Galaxie s'ouvrait aux habitants du Soleil et se refermait aux autres.

Contrairement à Hanoï, à Séoul et à Pékin, le Soleil ne s'était pas contenté de placer des explosifs uniquement dans l'édifice où se trouvait le téléporteur. Dans tout Tokyo, une réaction en chaîne entraîna la destruction globale de l'ancienne capitale. La cité explosa de toutes parts et ce fut majestueux.

Edwards Davis et Leïla Jaber, à l'instar des soldats présents, regardaient à partir de la base militaire, fascinés par le spectacle, comme des enfants devant un feu d'artifice.

Léa n'était pas revenue. On se dit que les dirigeants du Soleil ne lui avaient pas laissé le temps d'éviter l'explosion. On ne retrouva jamais son corps.

Comme l'avait compris Frank Blist dès sa découverte du téléporteur sur Mars, l'espace s'ouvrait à l'humanité. La découverte de la première planète habitable par Baiko Mori en avait été la preuve. L'opération Purification, lors de laquelle les Rebelles comme Voile furent capturés, avait mis fin aux tentatives d'invasion par les autres pôles. Tel que l'avait prédit Eva Miller, dans sa dissertation de fin de session : le reste de la Galaxie ne serait composée que d'Asiatiques.

À une exception près.

EXTRAIT D'UN LIVRET HISTORIQUE
DE LÉA FLAMAND

La planète était parfaite pour l'époque où elle avait été colonisée. On n'avait pas eu à adapter les anciennes constructions humaines aux réalités contemporaines. Au contraire, tout était conçu selon les nouvelles normes.

Les problèmes environnementaux qu'avaient connus la Terre, et leurs conséquences sur la qualité de vie, étaient clairement identifiés. Il était beaucoup plus facile de prendre des mesures préventives que de réagir une fois que les complications s'emballent. Il en était de même pour les problèmes sociaux liés à la surpopulation. Mori était une planète de taille semblable à la Terre et allait pouvoir être peuplée intelligemment.

Tout cela était d'autant plus réalisable du fait qu'il n'y avait qu'un seul gouvernement, ce que la Terre n'avait jamais réussi à instaurer. Les politiques sociales, économiques et environnementales pouvaient donc être uniformes à la grandeur de Mori.

Un seul peuple, un seul gouvernement.

Moi, Léa Flamand, suis la seule non-Asiatique de ce monde. Théoriquement, mes descendants seront assimilés et ne feront aucune différence : la Terre sera oubliée. Mais j'ai décidé que je ne permettrais pas cela. Il me reste encore de nombreuses années à vivre et je compte bien les passer à trouver un moyen de sauver la Terre.

Je sais bien que ces dernières lignes seraient considérées comme une hérésie pour le gouvernement de Mori. C'est pourquoi je ne chercherai pas à faire publier ce livret historique.

Du moins, pour l'instant.

À propos de l'auteur

Détenteur d'un baccalauréat en génie chimique et d'une maîtrise en environnement de l'Université de Sherbrooke, Mathieu Muir s'intéresse particulièrement aux changements climatiques et à leurs conséquences. Il aime les histoires réalistes dans lesquelles un élément invraisemblable vient bouleverser les paradigmes. Ses connaissances scientifiques jumelées à son goût de raconter des histoires ont donné naissance à son premier roman de science-fiction.

Son objectif est de créer des histoires qui se démarquent non seulement par leur fond, mais aussi par leur forme. Il apprécie particulièrement jouer avec des concepts et des structures narratives variés s'articulant autour d'un même fil conducteur.

Mathieu construit ses histoires sur des thèmes reliés aux conséquences des différentes technologies sur l'avenir de l'humanité, tout en prenant en

compte l'avenir de la Terre dans le contexte envi-
ronnemental actuel. Son écriture est empreinte de
ses propres expériences, de ses voyages et de ce
qu'il observe chez les gens qui l'entourent.

Table des matières

PROLOGUE 9

EXTRAIT D'UN LIVRET HISTORIQUE
DE LÉA FLAMAND 11
I. La course de Frank Blist
Année 2208 17

EXTRAIT D'UN LIVRET HISTORIQUE
DE LÉA FLAMAND 45
II. La thèse d'Eva Miller
Année 2224 47

EXTRAIT D'UN LIVRET HISTORIQUE
DE LÉA FLAMAND 91
III. L'enquête de Baiko Mori
Année 2253 93

EXTRAIT D'UN LIVRET HISTORIQUE
DE LÉA FLAMAND 137
IV. La fuite de Voile
Année 80 de l'ère de l'Expansion 139

EXTRAIT D'UN LIVRET HISTORIQUE
DE LÉA FLAMAND......................177

V. La décision de Léa Flamand
Année 85 de l'ère de l'Expansion...................... 179

EXTRAIT D'UN LIVRET HISTORIQUE
DE LÉA FLAMAND......................245

À propos de l'auteur...............................247

Collection dirigée par Renée Joyal

BÉLANGER, Pierre-Luc. *24 heures de liberté*, 2013.

BÉLANGER, Pierre-Luc. *Ski, Blanche et avalanche*, 2015.

BÉLANGER, Pierre-Luc. *Disparue chez les Mayas*, 2017.

BÉLANGER, Pierre-Luc. *L'Odyssée des neiges*, 2018.

CANCIANI, Katia. *178 secondes*, 2015.

DUBOIS, Gilles. *Nanuktalva*, 2016.

FORAND, Claude. *Ainsi parle le Saigneur* (polar), 2007.

FORAND, Claude. *On fait quoi avec le cadavre ?* (nouvelles), 2009.

FORAND, Claude. *Un moine trop bavard* (polar), 2011.

FORAND, Claude. *Le député décapité* (polar), 2014.

FORAND, Claude. *Cadavres à la sauce chinoise* (polar), 2016.

LAFRAMBOISE, Michèle. *Le projet Ithuriel*, 2012.

LAROCQUE, Jean-Claude et Denis SAUVÉ. *Étienne Brûlé. Le fils de Champlain* (Tome 1), 2010.

LAROCQUE, Jean-Claude et Denis SAUVÉ. *Étienne Brûlé. Le fils des Hurons* (Tome 2), 2010.

LAROCQUE, Jean-Claude et Denis SAUVÉ. *Étienne Brûlé. Le fils sacrifié* (Tome 3), 2011.

LAROCQUE, Jean-Claude et Denis SAUVÉ. *John et le Règlement 17*, 2014.

MALLET-PARENT, Jocelyne. *Le silence de la Restigouche*, 2014.

MARCHILDON, Daniel. *La première guerre de Toronto*, 2010.

MARCHILDON, Daniel. *Otages de la nature*, 2018.

Muir, Mathieu. *L'ère de l'Expansion*, 2018.

Olsen, K.E. *Élise et Beethoven*, 2014.

Olsen, Karen. *La rançon d'Atahualpa*, 2018.

Périès, Didier. *Mystères à Natagamau. Opération Clandestino*, 2013.

Périès, Didier. *Mystères à Natagamau. Le secret du borgne*, 2016.

Renaud, Jean-Baptiste. *Les orphelins. Rémi et Luc-John* (Tome 1), 2014.

Renaud, Jean-Baptiste. *Les orphelins. Rémi à la guerre* (Tome 2), 2015.

Royer, Louise. *iPod et minijupe au 18e siècle*, 2011.

Royer, Louise. *Culotte et redingote au 21e siècle*, 2012.

Royer, Louise. *Bastille et dynamite*, 2015.

Royer, Louise. *Téléportation et tours jumelles*, 2018.

Viens, Mylène. *Pourquoi pas ?*, 2018.

Couverture : ©Tithi Luadthong (Shutterstock Images)
Photographie de l'auteur : Anne-Sophie Dozois
Maquette et mise en pages : Anne-Marie Berthiaume
Révision : Frèdelin Leroux